!

ver!ssimo

rua Cosme Velho, 103
Rio de Janeiro — RJ — CEP: 22241-090
Tel.: (21) 2556-7824
Fax: (21) 2556-3322
www.objetiva.com.br

Coordenação editorial
Isa Pessôa

Capa e projeto gráfico
Pós Imagem Design

Escultura e Ilustração
Ricardo Leite

Fotos Verissimo
Bel Pedrosa

Revisão
Sandra Pássaro
Sônia Peçanha
L. Fadel

Editoração eletrônica
FA Editoração

V5170
Verissimo, Luis Fernando
Orgias / Luis Fernando Verissimo – Rio de Janeiro: Objetiva, 2005.

132 p.
ISBN 85-7302-748-7

1. Literatura brasileira – Crônicas. I. Título

CDDB869.4

LUIS FERNANDO

ver!ssimo

Orgias

Pertence a Sérgio e Vinicius Vital 29/12/05

OBJETIVA

Sumário

A idéia que se tem das antigas orgias romanas é a do completo abandono aos instintos, um vale-tudo regido pela espontaneidade e só limitado pela saciedade, ou pela imaginação lúbrica de cada um. Os convites diriam "venha como estiver e saia como puder" e tudo que acontecesse entre o primeiro "evoé" e o último arroto seria obra da improvisação e do acaso. Mas é claro que precisava haver um mínimo de premeditação nas bacanais, nem que fosse para assegurar que no momento em que o imperador estalasse os dedos e pedisse "17 escravas núbias e um cabrito!" não criasse correria e embaraços.

— Essas escravas núbias vêm ou não vêm?

— Estamos providenciando, estamos providenciando!

— E o cabrito?

— Pegamos emprestado da orgia ao lado, mas ele precisa de meia hora para se recuperar!

Pouca gente sabe que existia, na Roma Antiga, até a profissão de organizador de orgias, ou *baccanum*, profissional muito valorizado, tanto que é daí que vem a palavra "bacana", mas não digam que fui eu que disse. Os *baccanae* funcionavam assim como os modernos bufês, que se encarregam de todos os detalhes de uma recepção. Só que as exigências da época, claro, eram um pouco diferentes.

— Precisamos de 2.000 pés para a orgia de sábado.

— Você quer dizer *canapés*.

— Não, pés mesmo.

— Esse Calígula...

Um bom *baccanum* sabia organizar uma orgia até os mínimos detalhes e embora não pudesse determinar o comportamento individual dos convidados, entregues aos seus loucos prazeres, fazia o possível para que a festa transcorresse de forma organizada, que nada faltasse e que tudo ocorresse na hora devida. Antes de começar a orgia, um *baccanum* normalmente reunia sua equipe e o pessoal contratado e dava as últimas instruções.

— Anões besuntados, deste lado. Por favor, tentem manter a máxima discrição até a hora de entrar no salão. Lembrem-se de que vocês entram depois da briga de camelos. Antes disso houve a guerra de ovos entre os dois lados da mesa, é possível que o chão ainda esteja escorregadio. E só Deus sabe o que os camelos farão no chão durante a briga, portanto, muito cuidado para não escorregar. Na última orgia, um dos anões deslizou diretamente para o colo de Flávia Calpúrnia e foi decapitado antes que pudesse se explicar. Bailarinas, onde estão as bailarinas? Ah, aí estão vocês. Vocês entrarão dentro dos bois assados. Não se preocupem, serão costuradas dentro dos bois *depois* de assados, salvo alguma última ordem em contrário. No momento em que os bois forem abertos, saiam dançando, e sem cara feia. Alguém, por favor, quer segurar esses camelos? A briga é lá dentro. Obrigado. Escravas núbias: façam o que fizerem, por favor não irritem o cabrito! Vocês têm só 15 minutos para o número, e quando fica irritado o cabrito não consegue se concentrar. Deixa ver. Falta alguma coisa? Garçons, mostrem as mãos.

Muito limpas! Quero ver essas mãos sujas. Sujas! Muito bem. Todos a postos e esperem o gongo.

Quando se diz que o Brasil está parecendo uma orgia, não se está sendo exato. De certa forma isso aqui sempre foi uma orgia, uma simpática convivência de apetites mais ou menos desenfreados, mais ou menos safados. O que mudou é que não parece haver mais a menor coerência no deboche. Os anões besuntados entram e saem à hora que querem, a Flávia Calpúrnia pula no pescoço do cabrito e o arrasta para um canto, e vá tentar conseguir um garçom para trazer o leitão caramelado. Quer dizer, orgia está certo. Mas um mínimo de organização!

As festas

Aproxima-se a perigosa época das festas. O Natal e o Ano-Novo, como se sabe, despertam os melhores sentimentos das pessoas, e isto pode ter conseqüências terríveis. São conhecidos os casos de paixão, alguns até terminando em morte, que começaram em festas de fim de ano, na firma, quando o espírito de conciliação e congraçamento leva as pessoas a baixarem a guarda e aceitarem o que normalmente não aceitariam e a fazerem o que, no resto do ano, nem pensariam, ainda mais depois de beberem um pouco. Nada mais embaraçoso do que, no segundo dia do ano novo, ter de tentar desfazer algum equívoco do fim do ano anterior.

— Dona Teresa, eu...

— Pintinho!

— Pinto. Meu nome é Pinto.

— Humm. Como nós estamos mudados, hein? Na festa...

— Era justamente sobre isso que eu queria lhe falar dona Teresa. Na festa. Algumas coisas foram ditas...

— Só ditas não, não é, Pintinho?

— Pinto. Pois é. Ditas e feitas, que...

— Já sei. Vamos fingir que nada aconteceu.

— Eu preferiria.

— Muito bem. Só não sei o que vou dizer ao papai.

— O que que tem o seu pai?

— Ele está vindo de Cachoeiro para o casamento.

Outra coisa perigosa é a pessoa se entusiasmar no fim do ano e decidir mudar. Ser outra pessoa. Deixar velhos vícios e adotar novas atitudes, ou recuperar algumas antigas. Janeiro, ou pelo menos a sua primeira quinzena, é uma espécie de segunda-feira do ano. As ruas ficam cheias de novos virtuosos, pessoas resolvidas a serem melhores do que no ano passado.

— Olhe.

— O que é isso?

— Aquele livro que você me emprestou.

— Eu não me lembro de...

— Faz muito tempo. E, na verdade, você não emprestou. Eu peguei. Eu costumava fazer isso. Nunca mais vou fazer.

— Você pode ficar com o livro. Eu...

— Não! Ajude a me regenerar. Quem fazia essas coisas não era eu. Era outra pessoa. Um crápula. Decidi mudar. Este sou o eu 2006. Comecei devolvendo todos os livros que peguei dos amigos. Acabou com a minha biblioteca, mas que diabo. Me sinto bem fazendo isto. Outra coisa. Precisamos nos ver mais. Eu abandonei os amigos. Abandonei os amigos! Olhe, vou à sua casa este sábado.

— Não. Ahn...

— Prometo não roubar nada.

— Não é isso. É que...

— Já sei. Vamos combinar um jantarzinho lá em casa. A Santa e eu estamos ótimos. Fiz um juramento, na noite de ano bom. Que me regeneraria. E ela me aceitou de volta. Há dois dias que não olho para outra mulher. Dois dias inteiros! Isso era coisa do outro.

— Sim.

— Do crápula.

— Sei...

— Eu era horrível, não era? Diz a verdade. Pode dizer. Uma das coisas que eu resolvi é não bater mais em ninguém. Era ou não era?

— O que é isso?

— Como é que eu podia ser tão horrível, meu Deus?

— Calma. Você está transtornado. Vamos tomar um chopinho.

— Não! Não posso. Jurei que não botaria mais uma gota de álcool na boca.

— Mas um chopinho...

— Está bem. Um. Em honra da nossa amizade recuperada. E escuta...

— O quê?

— Deixa eu ficar com o livro mais uns dias. Ainda não tive tempo de...

— Claro. Toma.

— E vamos ao chope. Lá no alemão, onde tem mais mulher.

Alma, vendo

Decidi vender minha alma ao Diabo para ser um homem de sucesso. Logo me deparei com um problema prático: como é que se fala com o Diabo? Em todos os exemplos que conhecia, da literatura e do cinema, o Diabo fazia o primeiro contato. O Diabo era o interessado, era dele a proposta para comprar a alma. Como deveria proceder quem tinha uma alma para vender e procurava o comprador?

Raciocinei que a melhor maneira de encontrar o Diabo seria fazendo diabruras. Freqüentando os lugares que ele obviamente freqüentava, convivendo com gente que ele obviamente influenciava, fazendo coisas que ele obviamente aprovaria, e que chamariam sua atenção.

Comecei a visitar os piores antros, a me dedicar ao deboche e à devassidão, a chutar velhinhas, a fumar cocaína e a cheirar maconha (era viciado novo). Fatalmente, no meio de uma orgia, ou atirado no chão de uma cela fria coberta com o meu próprio vômito, ou numa reunião de comunistas planejando o seqüestro de um arcebispo, eu encontraria o Diabo e lhe ofereceria minha alma em troca do sucesso. Mas uma noite, pulando uma cerca para estuprar umas galinhas, me dei conta de que minha estratégia estava errada. Quanto mais diabruras eu fizesse, menos valeria a minha alma. Por que o Diabo compraria uma alma que obviamente já era sua?

Passei a fazer o contrário, a viver uma vida de ostensiva virtude. Em vez de chutar velhinhas, ajudava-as a atravessar a rua mesmo que não quisessem. Tornei-me religioso. Cheguei a me internar em mosteiros, para jejuar e me autoflagelar, na esperança de que o Diabo, que não aparecera nas celas das delegacias onde eu penava minhas ressacas, aparecesse nas celas do meu retiro, onde eu polia e encerava minha alma para melhor comercializá-la. Mas o Diabo não apareceu; o jejum quase me matou, mas o Diabo não apareceu.

Concluí que só havia uma coisa a fazer: procurar pessoas que, na minha opinião, venderam sua alma ao Diabo, pois nada mais explicava seu sucesso, e perguntar como tinham conseguido. Prometeria absoluta discrição. Ninguém ficaria sabendo das suas transações com o Diabo, eu só precisava da dica. O Diabo lhes aparecera voluntariamente ou fora conjurado? De que forma? Havia algum intermediário, alguém agenciava o encontro? Tinham assinado contrato?

Não deu certo. Por alguma razão, nenhum dos que eu procurei reconheceu que devia seu sucesso a um trato com o Diabo, e todos negaram conhecê-lo. Em muitos casos, ficaram indignados.

— Devo meu sucesso ao meu talento!

— Mas você não tem talento.

— Trabalhei muito para chegar onde estou, meu caro.

Não adiantou eu insistir que a informação seria confidencial, que eu queria apenas um acesso ao Diabo. Algum telefone? E-mail? Como falar com o Diabo? Ninguém colaborou.

Minha última tentativa. Vou recorrer aos jornais. Já bolei o anúncio que sairá nos classificados. Sob Negócios Diversos.

"Alma, vendo ou troco por sucesso, prestígio, poder. Garantia de entrega na minha morte. Não está hipotecada. Tratar com..."

Mas também colocarei outro anúncio sob Pessoais.

"Se você tem milhões de anos de idade, cabelo engomado e cascos nos pés, isto talvez lhe interesse..."

Ou então alguma coisa mais direta:

"Me liga, Diabo!", e o número.

Mas estou em dúvida. Em que jornal publicar os anúncios, com a certeza de que o Diabo os lerá? O Diabo prefere a imprensa mais ou menos conservadora? Desconfio que leia todos os jornais de negócios, para acompanhar a aplicação, na prática, de alguns dos seus ensinamentos, mas também leia a imprensa popular, divertindo-se com as notícias sangrentas das seções policiais e se deliciando, nas seções de espetáculos e TV, com o sucesso de tantos que trocaram suas almas pelo seu patrocínio.

Se isto também não der certo, não sei mais o que fazer. Onde está o diabo desse Diabo? Que meios ele freqüenta? E o pior é esta sensação de que já estive do seu lado, e não o reconheci, e perdi a oportunidade de negociar minha alma, que será minha até morrer, sem qualquer lucro, e depois passará para o domínio público. Se o Diabo ao menos usasse um escudinho na lapela!

Gencianáceas

Fala-se numa pílula para aumentar a libido da mulher, supostamente para ela poder acompanhar seus parceiros enviagrados. Aos poucos acontece no sexo o que já acontecera na psiquiatria, em que a química substitui a conversa e todas as outras formas de aproximação e tratamento. E já vão longe os dias em que as pessoas, sem pílulas, recorriam a comidas afrodisíacas para estimular o outro apetite, o sexual. Como a Mme. de Maineton, que mandava fazer costeletas de vitela com anchovas, basílico doce, cravo, coentro e conhaque para animar o Luís XIV. Não se sabe o resultado que elas produziam no rei, mas o prato "Côtelettes de Veau à la Maintenon" é famoso até hoje. Já Mme. Du Barry fazia fé em suflês de gengibre para manter o interesse de seu amante real, Luís XV. Dizia que ele nunca desandava. O suflê, não o rei.

Alcachofras eram consideradas afrodisíacas. O escritor Hector Dirssot preparava-se para noites de loucura na alcova comendo enguias com trufas, enroladas em papel amanteigado, assadas na brasa e servidas sobre um ragu de siri apimentado, e que só tinham o efeito desejado se acompanhadas por um bom vinho Sauternes. Não se conhece qualquer depoimento de uma parceira do escritor sobre a eficiência da receita. Pela sua descrição, desconfia-se que muitas vezes Dirssot recorria ao prato não para estimular o sexo, mas para substituí-lo.

As trufas brancas da região do Piemonte já foram consideradas infalíveis, e ficavam ainda mais eficazes se preparadas com fígado de ganso e um pouco de vinho branco. Brillat-Savarin escreveu sobre uma determinada senhora francesa que resistiu ao assédio de um jovem *gourmet* que lhe propunha servir aves com trufas de Perigueux em troca de amor, e sua admiração era menos pela sólida virtude da dama do que pelo sua resistência, inexplicável. Brillat-Savarin insinua que a dama não resistiria se o pretendente oferecesse as trufas inteiras assadas na cinza, porque aí também já seria desumano.

Todas estas receitas — tiradas, por sinal, de um livro de George Lang chamado *Compêndio de Bobagens e Trivialidades Culinárias* — ficavam melhores e mais poderosas se acompanhadas de um "Vin de Gentiane", ou vinho de genciana, assim preparado: rale-se uma raiz de genciana e deixe-a de molho no conhaque por um dia. Acrescente-se vinho Bordeaux, filtre-se tudo por uma peneira fina e deixe-se num receptáculo lacrado por oito dias. Não abrir perto das crianças. Procurei genciana no dicionário. Planta da família das gencianáceas. Não sei se o vinho de genciana faria algum efeito, mas confesso que a palavra "gencianáceas" mexeu comigo.

Hoje, com a química, toda esta literatura ficou ainda mais antiga do que já era. Trufas, enguias, ostras, raiz de genciana, tudo foi substituído por pílulas. É verdade que alguns dos recursos a que o homem recorria no passado, como chifre de rinoceronte pulverizado, não fazem falta. Mas a humanidade perdeu alguma coisa quando perdeu o risco de morrer de congestão durante o ato sexual, depois de se empanturrar para garantir sua qualidade. Diminuiu a aventura humana sobre a Terra. E eu fico pensando naquele ragu de siri...

Tocão

— Dr. Anselmo, eu...

— Não me chame de doutor. Anselmo, Anselmo.

— Anselmo, eu...

— Tocão.

— Como?

— Meu apelido. Tocão. Me chame de Tocão.

— Tocão.

— Isso. E o seu, qual é?

— O meu...?

— Apelido.

— Bom, em casa me chamam de Di.

— Di! Maravilha. Viu só? Passamos o ano inteiro trabalhando juntos, nos tratando de doutor Anselmo e dona Dinorá, e só agora nos conhecemos de verdade. Sabe o que eu acho, dona Dinorá? Di? Que o apelido é o nome da alma. Sabendo o apelido de uma pessoa se conhece a sua alma. Tome mais champanhe.

— Não, obrigada. Vou parar. Já bebi demais.

— Tome! Sou eu que estou pagando. Eu não, a firma, mas fui eu que autorizei. Pedi do melhor. Foi um ano bom para a firma, vamos comemorar com o melhor. O melhor para todo o mundo. Sabe, Bi?

— Di.

— Hein?

— Doutor Anselmo, Tocão, acho melhor o senhor também parar...

— Eu sei, eu sei. Já estou meio alto. Mas hoje é um dia especial. Um dia de festa. De contrafernização.

— Confraternização.

— Isso também. E sabe o que eu acho, Bi? Essa história. Nossos nomes. Doutor, dona, senhor pra cá, senhora pra lá... Sabe o que é isso? Não é formalidade. Não é respeito. É medo. É uma barreira que construímos em torno da nossa alma, para ninguém ver lá dentro. Nosso nome verdadeiro é o apelido. O meu, por exemplo. Sabendo que eu me chamo Tocão, você não sabe tudo a meu respeito? Não sabe exatamente como eu era, na infância? Como eu sou hoje? Lá dentro?

— É...

— Eu sou gente, Bi.

— Di.

— Pois é. E sabendo o seu apelido, eu sinto que sei tudo sobre você. De agora em diante, vamos nos chamar pelos apelidos. Todo o mundo na firma. Sem medo. Não vai mais haver patrões nem empregados. Nem doutores nem donas. De agora em diante, me chamem todos de Tocão.

— Certo.

— Porque eu sou um Tocão. Entendeu, Bi? O Dr. Anselmo é um disfarce. O que eu sou mesmo é um Tocão. Me chame de Tocão.

— Tocão.

— Beba mais champanhe.

— Não, não, eu já...

— Bi, escute. Eu quero lhe mostrar o meu umbigo.

— O que é isso, Dr. Anselmo?

— Não, eu faço questão. Vou lhe mostrar o meu umbigo.

— Não precisa, Dr. Anselmo.

— Eu quero lhe mostrar o meu umbigo. Afinal, a senhora me mostrou o seu.

— É a moda. Umbigo de fora. É a moda. Eu não tinha intenção...

— Eu sei. Mas eu ainda não tinha visto o seu umbigo, Bi. Ou, pelo menos, não tinha prestado atenção nele. E hoje prestei. Foi por isso que eu quis ter esta conversa. O seu umbigo foi uma espécie de convite para a intimidade. Um convite para vencer o medo, para romper as barreiras e nos revelarmos um ao outro. Para nos conhecermos como gente. Pelos nossos apelidos, nossos nomes verdadeiros, não nossos nomes oficiais. Por favor, segure o meu copo.

— Dr. Anselmo...

— Preciso abrir a camisa.

— Eu preferia que o senhor não...

— Onde está ele? Eu sei que tenho um umbigo. Ou será que deixei em casa? Arrá! Aqui está ele. Eu lhe apresento. O meu umbigo.

— Muito prazer.

— Você não está olhando.

— Estou, estou.

— O que você acha dele?

— Muito simpático.

— Vamos aproximar nossos umbigos, Bi.

— Não! Por favor, Dr. Anselmo...

— Tocão.

— Por favor, Tocão.

— Para nossos umbigos contrafernizarem! Eles são a prova da nossa humanidade comum, Bi. Eles vão selar o início de uma nova era dentro da firma, talvez o início de uma nova era para o mundo. Deixe meu umbigo tocar o seu, Bi. Bi, onde você vai? Bi!

— O senhor precisa de alguma coisa, Dr. Anselmo?

— Obrigado, dona Márcia. Só preciso de outro copo. E não me chame de doutor. Olha aí, gente. Contrafernização. Contrafernização!

Barricada

Um dia, irmão, comemoraremos nossa vitória com um banquete. Todos os que lutaram, ou que só usaram o barrete. E bêbados de nós mesmos, a mesa coberta com os destroços do combate — difícil dizer o que é sangue e o que é molho de tomate —, brindaremos as cadeiras vazias dos que lá não estão. Os fantasmas de uma geração.

Um que morreu no exílio e foi devorado por vermes estrangeiros.

Um que enlouqueceu um pouco e tem delírios passageiros.

O que comprou um sítio em Cafundós do Oeste e nos manda fotos tristes dos seus pés em tamancos.

O que nós só vemos na rua, esbaforido, correndo entre dois bancos.

O que era anarquista e acabou na IBM.

O que era poeta maldito e acabou na MPM.

O que casou com a Vivinha e dizem que come a sogra.

O que era seminarista e dizem que transa droga.

Um que ia mudar o mundo, e se mudou.

O que ia ser o melhor de nós todos, e vacilou.

Nossa Rosa Luxemburgo, que abriu uma butique.

Nosso quase Che Guevara, que hoje vive de trambique.

Restaremos você e eu, irmão.

E os balões circundarão nossas cabeças como velhos remorsos. E o pianista ruirá sobre as teclas como o Império Bizantino. E os garçons olharão o relógio e desejarão a nossa morte.

Seremos sentimentais e um pouco arrogantes.

Danem-se nossas trapalhadas, estivemos nas barricadas!

Esta civilização nos deve, pelo menos, outra rodada.

Um dia, irmão, um dia.

Você proporá um brinde à razão e nossos copos vazios, com o choque, explodirão. Eu cantarei velhos hinos revolucionários, sob protestos dos vizinhos, certamente reacionários.

Brindaremos à fraternidade universal e à luta antiimperialista e à Nena do Tropical, que dava desconto pra esquerdista.

Choraremos um pouco. E cataremos, entre as migalhas da mesa — como oráculos o futuro nas vísceras de um cágado —, vestígios do nosso passado.

O toco de um Belmonte Liso.

Meu Deus, o meu dente do siso!

Bilhetes de loteria que nunca deram e de namoradas que também não.

A letra semi-apagada de *Great Pretender.*

Um tostão.

Bêbados de autopiedade, brindaremos esta cidade onde nascemos e morremos mais de uma vez (só eu foram três) mas salvamos do inimigo. Nosso reino, nosso umbigo.

Não temos placas na rua como heróis da Resistência, mas temos a consciência de que os bárbaros não passaram.

Mas sei que no fim desses disse-que-disses
os dois prostrados como mães de misses
já com aquele olhar do Ulysses
você me dirá no nariz, com um bafo que, bem aproveitado, seria uma força motriz:

— Como, heróis? Como, não passaram? Meu querido, não te falaram?

E completará com um gargalo, a caminho do assoalho:

— Os bárbaros ganharam!

Categoria originalidade

— Ai, meu Deus.

— Calma que agora está quase.

— Eu não vou agüentar.

— Tem que agüentar.

— Você tem certeza que as asas passam pela porta? Lembra o que aconteceu com o Túlio no ano passado. Se fantasiou de 14-Bis e não conseguiu entrar no baile.

— Estas asas são retratáveis. É só puxar este ganchinho aqui.

— Este?

— Não! Esse é para acionar o chafariz. O outro.

— Eu não vou conseguir! Sei que não vou.

— Vai sim. Nós não trabalhamos um ano inteiro para você desistir agora. Só em instalações elétricas gastamos 12 mil. Pronto. O espartilho está no lugar. Agora a armação, depois o revestimento de alumínio, depois a ligação dos sistemas e o teste com o motor. Em duas ou três horas estará tudo pronto.

— Duas ou três horas?! Se pelo menos eu pudesse sentar...

— O quê? E amassar as penas de pavão, três mil cada uma? De pé, meu querido. De pezinho.

— Por que eu fui me meter nisto? Fantasia boa vai ser a do Rosauro: bola de futebol. Se enrola todo dentro de um pano branco e entra na sala do júri chutado por um negrão. Por que não me arranjaram uma coisa simples?

— No ano passado você foi de *Orelhão* e sabe no que deu.

— E eu podia adivinhar que um bêbado ia tentar enfiar uma ficha na minha boca e depois me depredar? Entrei numa depressão que nem gosto de me lembrar.

— Nós conhecemos as suas depressões, meu bem.

— Vocês nunca acreditaram que eu sou uma personalidade suicida, mas...

— Acreditamos sim. Principalmente depois que você foi encontrado tentando cortar os pulsos com um barbeador elétrico.

— Está bem, podem caçoar. Mas se eu não ganhar este ano, juro que me atiro nos trilhos do metrô.

— Agora fica quieto que vamos botar o capacete.

— Quanto falta?

— Está quase pronto.

— Eu vou desmaiar!

— Pode desmaiar, mas fica de pé. Vamos instalar o motor.

— Me dêem comida! Não como há 12 horas!

— Não pode. Qualquer variação na circunferência do espartilho pode disparar os dois foguetes antes do tempo.

— Água! Água!

— Você está louco. Um pingo na placa fotossensível e lá se vão os alto-falantes. Agüente firme.

— Sim, mamãe.

— Agora o motor. O comando do motor vai ficar no seu pé direito. Pressionando o botão com o calcanhar, as asas começam a bater, as luzes se acendem, o giroscópio do capacete entra em ação. Mas cuidado para só pisar no botão na frente do júri...

— E como é que eu vou caminhar sem pisar no botão?

— Caminha num pé só. Você só está tentando criar problemas. Quando estiver na frente do júri, um refletor iluminará você e a fita gravada, acionada pelas células fotoelétricas, começará a rodar *Os Ritos da Primavera* de Stravinski. Aí você estende a barriga, fazendo disparar os foguetes e...

— Essa é a parte de que eu não gosto...

— E você subirá dois metros no ar. Se bater no teto, será protegido pelo capacete.

— Não vou conseguir. Vou ter uma morte horrível. Eu sei que vou!

— Está bem. Como você quiser.

— Mamãe...

— Não, está bem. Se você quer ir de polichinelo outra vez...

— Não, mamãe. Vamos em frente. É que eu estou cansado, com fome e o motor acaba de cair no meu pé. Mas vamos em frente.

— Está pronto!

— Tudo?

— Ficou maravilhoso. E bem na hora, temos que ir direto para o baile. Não temos nem tempo de fazer um teste. Vamos.

— Mamãe...

— O que é? Vamos embora. Caminha.

— Mamãe, eu não consigo.

— Não consegue o quê?

— Caminhar. Não consigo me mexer. Nem um passo. Está pesado demais.

— Impossível. Tente, meu filho. Tente!

— Não posso!

— Pense na glória, nas fotos, na raiva dos outros concorrentes! Pense na televisão! Força!

— Eu não consigo me mexer!

Crise

Um dia você estará na praia e fará "Aaaaah...". E pensará: vida boa. Está bem, não tão boa. Há gente morrendo de fome em várias partes do mundo, inclusive na minha vizinhança. Gente se matando, Bolsas caindo. A Aids. O governo brasileiro. A falta de dinheiro. Mas aqui, nesta praia, sob este sol, com este ventinho de primavera correndo vez que outra pelo corpo, como caldo sendo passado num assado para ele não secar, a vida é outra coisa. Uma praia tem isto de bom. A gente tira a roupa e, de repente, está em contato com as coisas básicas da existência. Sente a areia sob os pés nus. Sente o chão do planeta. Nada entre você e a Terra. Nem asfalto nem sola de sapato. O cheiro do mar. O cheiro antigo do mar. Quantos cheiros do nosso dia-a-dia são os mesmos cheiros que um homem primitivo conhecia? Pouquíssimos. Só os cheiros naturais. O mar, o mato, a terra molhada pela chuva, os cheiros do próprio corpo. Bom, pensará você, eu estou cheirando a loção de barbear, desodorante e creme bronzeador, coisas que o homem primitivo não usava. Se por alguma mágica eu fosse transportado neste minuto para a Pré-história, causaria uma sensação nas cavernas. Por causa do calção e dos óculos escuros, claro, mas principalmente por causa do cheiro. Os pré-homens me cercariam aspirando forte. Como eu explicaria ter o cheiro de um campo florido? Mas este cheiro de mar é o mesmo desde o começo do mundo. Quando tira a roupa na praia, o homem se despe, simbolicamente, das camadas de civilização que impedem o seu contato direto com a natureza, ah! vida boa. Só não tiro o calção também porque, afinal, há as famílias. Aqui nada pode me atingir. Estou em casa, entre os elementos. Sou um molusco no meu *habitat*. Respiro o bom e farto oxigênio posto no mundo justamente para o meu sustento. Ninguém me consultou, mas eu não mudaria este arranjo por nada. Deus, o primeiro autocrata, fez o mundo como bem quis, sem ouvir as bases, sem plebiscito. O que, pensando bem, foi a nossa sorte, pois, se o Criador tivesse optado pelo método democrático, o universo não estaria pronto até hoje e estaríamos perdendo todos os bons seriados na TV. Vivemos no mundo como ele nos foi dado e ainda não ouvi ninguém chamar o processo de fascismo divino. Eu, pelo menos, não me queixo. Acho o universo um barato e não faria o mundo diferente, apesar de concordar que certas coisas — Saturno, por exemplo, e todo o repertório do Julio Iglesias — são de gosto duvidoso. Já morango, arco-íris, a estrutura molecular, trigal, mulher, estrela cadente — olha, Deus: gênio. Estou bem, estou protegido. Aqui, deitado nesta areia cálida, sinto o meu planeta se mexer com a doce familiaridade de um berço embalado. Somos uma raça antiga, temos um velho acerto com esta velha bola que gira em torno do velho...

— Você leu sobre a capa de ozônio?

— O quê?

— Desculpe, estava dormindo?

— Não, não. Capa de quê?

— Ozônio.

— Que que tem o ozônio?

— Descobriram que está desaparecendo.

— Como, desaparecendo?!

— Acabando. É a capa de ozônio que filtra os raios solares e impede que eles nos façam mal. Descobriram que tem um buraco na capa de ozônio e ele está aumentando.

E agora?, pensará você, juntando suas coisas, toalhas, revistas, família, para fugir do sol. Só faltava esta. A crise chegou à estratosfera. Emigrar para onde?

Da importância de ser Fabião

Acordaram o Luiz Pedro às três da manhã.

— Vem pra cá, rapaz.

— Hein?

— Pula da cama e vem pra cá.

O Luiz Pedro zonzo. Ruídos de festa no telefone. Música. Uma voz de mulher gritando "Com o meu batom não!".

— Quem fala?

— Te manda pra cá!

— Olha eu...

— Sabe o que que o maluco do Pepe está fazendo? Pintando o... Ó Pepe, fala aqui com o Fabião. Diz pra ele vir pra cá.

Outra voz no telefone:

— Fabião?

— Não eu...

— Quero te informar que acabei de pintar o meu pênis de, deixa ver, ocre provençal. É mole?

— É engano.

— Cê vem pra cá ou não vem? Haroldinho, o Fabião sabe o endereço? Hein? Fala aqui com ele.

— Fabião?

— Não. Meu nome é...

— Sabe o posto de gasolina na esquina da rua do Vavá? É o edifício ao lado. Número, número... Rita. Vem cá. Você não é a Rita? Que número é aqui? Fala aqui com o Fabião. Olha, Fabião, você vai falar com a mulher mais gostosa da festa. Ela vai te dar o endereço. Um beijo, cara. Vem logo.

— Olha, você ligou o número errado, eu...

— Oi.

— Oi, Rita. Eu...

— Eu não sou Rita. Sou Malu. Você quer o número?

— Não, eu estou tentando...

— Posso dizer?

— ... dizer que ligaram para o número errado daí!

— Noventa e seis, apartamento 32. Terceiro andar.

— Eu não sou o Fabião.

— Quem é o Fabião?

— Não sei. Eu não sou. Meu nome é Luiz Pedro.

— Certo. Anotou o número? Vem logo, Luiz Pedro. Eu gostei da sua voz.

— Eu... Gostou?

— Hmmm. Estou te esperando.

— Posso falar com o... o Haroldinho?

— Quem?

— O que te passou o telefone.

— Certo. Haroldinho! O Luiz Pedro quer falar contigo. Tchau, Luizinho. Não demora, viu?

Voz do Haroldinho:

— Que história é essa de Luiz Pedro, Fabião?

— Nada, não. Só me diz uma coisa. A rua do Vavá qual é, mesmo?

— Está brincando comigo, Fabião? Vem logo pra cá.

E Haroldinho desligou o telefone.

Luiz Pedro ficou pensando na cama, com o telefone em cima do peito. Lamentando que sua vida era como era. Lamentando todas as oportunidades que tinham aparecido para mudar sua vida, e que ele tinha deixado escapar. Lamentando o fim do namoro com a Suelen, só porque ela citava trechos inteiros do Paulo Coelho de cor.

Lamentando, acima de tudo, não conhecer o Vavá.

Pagode

Com a proximidade do carnaval, o pagode da Djalmira tem enchido de gente. Haja feijoada. Aliás, a Djalmira talvez mude o esquema de feijoada e samba. Como ela mesmo diz, "estou repensando a proposta". No outro dia, por exemplo, acabou a feijoada e ficou todo mundo sentado em volta da mesa comprida no quintal, ronronando. Em vez de samba só se ouvia a lamentação da Salete que, como sempre, tinha abusado da cerveja. Salete, todos sabem, é a viúva do Nélson Porém. Estava contando a história do falecido pela centésima vez, só este ano. De como todo mundo lembra o Nélson Cavaquinho e o Nélson Sargento mas ninguém lembra o Nélson Porém, um dos caras mais importantes da história da música popular brasileira, seu esposo. Nélson Porém estava na mesa ao lado quando o Paulinho da Viola compôs o samba sobre a Portela que tem aquela parte que começa "Porém...". Depois do "porém" tinha um vazio que o Paulinho não sabia como encher. Paulinho tinha empacado no "porém". Foi aí que da mesa ao lado, quando o Paulinho cantou "Porém...", o Nélson, seu esposo, mais pra lá do que pra cá, lascou "Ai, porém!" e foi aquele sucesso. O Paulinho incluiu o "Ai, porém" do Nélson no samba e ele estava feito. Só que não pôde desenvolver seu talento de letrista. "Ai, porém" foi a única letra da vida dele. Como vivia mais pra lá do que pra cá, um dia ficou lá. Morreu.

— Até hoje não posso ouvir alguém dizer "porém" que eu choro — disse a Salete. — Às vezes alguém diz "mas" e eu já me desmancho.

Foi quando o seu Cosme resolveu mudar de assunto.

— Grande feijoada, Djalmira.

— Obrigada, seu Cosme.

— Aliás, como sempre.

— Quié isso, seu Cosme. É um prazer reunir a fina flor do samba no meu quintal. O Ari Sem Braço, o Tavinho Meio Braço, o Neco Dois Braço... E o seu Cosme Sete Cordas. Eu só alimento fera.

— Estava tudo bom, dona Djalmira. Desde o começo. Não é pessoal?

Todo mundo em volta da mesa fez "mmm" em uníssono.

— O limãozinho esperto... Os tira-gosto... Os torresminho... E o feijão, minha gente?

— Mmmm!

— Vocês merecem, vocês merecem. E como é? Vai sair um samba?

— Vai, vai. Cadê meu violão?

Seu Cosme olhou em volta sem muito entusiasmo. Depois gritou para o Ximbé.

— Trouxe o agogô, Ximbé? Acorda, Ximbé! Pega o agogô. Sem Braço, o tamborim...

Os outros começaram a se organizar para tocar. Lentamente. Seu Cosme continuou:

— Que feijoada, Djalmira. O que é que tinha no feijão?

— O de sempre, né, seu Cosme.

— Recapitule, pra acordar o pessoal.

— Lingüicinha... paio... costelinha salgada... costelinha de porco... rabinho de porco...

— Mmmm...

— Dê uma passada nas farofas... — pediu seu Cosme, de olhos fechados.

— Farofa com passas... farofa com ovo... farofa com toucinho...

— Mmmm...

— E a couve, gente?

— Mmmm!

— ... a laranja?

— Mmmmm!

— E pra pimenta, nada?

— Mmmmm!

— Obrigada, pessoal. Vocês merecem. Cumé, vamo ouvi um pouco de música, seu Cosme?

— Vamos lá. Ximbé, o agogô. Cadê o agogô, Ximbé?

O Ximbé estava dormindo com a cabeça nos braços, sobre a mesa.

— Alguém aí, procura o agogô do Ximbé — bocejou o seu Cosme. — E o meu violão.

— Vamos lá. "No pagode da Djalmira..." Cumé, pessoal?

Mas o seu Cosme tinha desistido, depois de examinar suas tropas.

— Desculpe, Djalmira, não vai dar. Sem o agogô do Ximbé, não dá.

Depois inclinou-se para a Djalmira e perguntou:

— Tem certeza que o agogô do Ximbé não entrou no feijão?

Foi então que a Djalmira decidiu. A partir dali, primeiro o samba, depois a feijoada. Durante muito tempo se ouviu em volta da mesa as lamentações da Salete. E os roncos.

Festa de aniversário

Os ingredientes são: uma porção de caos, duas de confusão e uma pobre mãe exausta — tudo misturado com um cão latindo e balões estourando.

Uma boa festa de aniversário deve ter no mínimo vinte crianças, sendo uma de colo, que chora o tempo todo, uma maior do que as outras, chamada Eurico, que bate nas menores e acabará mordida pelo cachorro, para a secreta satisfação de todos; e uma de rosto angelical, olhar límpido e vestido impecável, que conseguirá sentar em cima do bolo de chocolate. Esta deve se chamar Cândida.

Boa festa de aniversário é aquela em que, depois que todos foram embora, a mãe do aniversariante examina os destroços com o mesmo olhar que Napoleão lançou sobre os campos de Waterloo depois da batalha, e fica indecisa entre chorar, fugir de casa ou rolar pelo tapete dando gargalhadas histéricas. Desiste de rolar pelo tapete porque o tapete está coberto de restos de comida.

É indispensável que no fim da festa sobre uma criança que ninguém sabe como foi parar embaixo do sofá.

— Como é seu nome, meu bem?

— Cândida.

É ela de novo. E as grandes camadas de chocolate no seu traseiro não estão ajudando o tapete.

A mãe do aniversariante decide chorar.

Melhor ainda são os pais que vêm buscar as crianças e ficam para tomar uma cervejinha. A noite já vai alta, os filhos dormem nos seus colos com a boca aberta, os balões coloridos presos ao dedo de cada criança fazem um balé em câmera lenta no meio da sala, e os pais não vão embora. A mãe do aniversariante não sente mais as pernas. Apalpa um joelho, para ver se a perna ainda está lá. Fantástico: está. E então ouve, incrédula, a voz do marido:

— Carminha, traz mais uma cerveja para o Dr. Ariel...

Será que o inconsciente não sabe que ela teve que correr o dia inteiro? Que encheu os balões com seus próprios pulmões? Que fez a torta de chocolate com a sua própria receita? Que por pouco não estrangulou vinte crianças com as suas próprias mãos? Boa festa de aniversário é a que acaba com a mãe do aniversariante querendo estrangular o próprio marido.

E o padrinho do aniversariante, que vem de longe especialmente para o aniversário e é ignorado pelo afilhado?

— Ora, Rodolfo, é que ele não via você há dois anos. Criança esquece depressa.

— Ele jamais gostou de mim.

— Gosta sim, Rodolfo. Ó Beto, vem cá pedir a bênção a seu padrinho.

— A bênção, padrinho.

— Agora dê um beijo nele. Pronto. E agora agradeça o presente que ele trouxe para você.

— Obrigado pelo "Forte Apache".

— Viu só, Rodolfo? Você não pode se queixar do seu afilhado. Ele adora você.

— É. Só que o meu presente não foi o "Forte Apache".

O padrinho ficará com a cara trágica até o fim da festa. Recusará salgadinhos e cervejas e suspirará muito. Antes de dormir, o afilhado virá correndo lhe dar um beijo espontâneo e um longo abraço. Na hora de ir embora, Rodolfo confidenciará aos compadres:

— Ele me adora.

Uma boa festa de aniversário deve ter guaraná morno e show de mágica. O mágico deve ser arranjado à última hora e não pode ser muito bom. A mãe do aniversariante deve contratar o mágico na certeza de que, depois de cantarem o "Parabéns a você", comerem a torta de chocolate e beberem o guaraná morno, as crianças não terão mais o que fazer, perderão o interesse e a festa será um fracasso. É preciso um show para entretê-las.

— Crianças, atenção! Uma surpresa para vocês!

Dona Carminha não consegue atrair a atenção das crianças. Há um grupo brincando de pegar, outro brincando de cabra-cega, um terceiro improvisando um renhido futebol com balões, e a Cândida que — com sua cara impassível de querubim — se prepara para amarrar uma jarra caríssima no rabo do cachorro.

— Crianças! Por favor, silêncio! Parem imediatamente tudo o que estão fazendo. Para vocês não ficarem sem o que fazer, vamos apresentar um show de mágicas!

Deve ser uma luta para reunir as crianças em torno do mágico. Antes que o espetáculo acabe, as crianças estarão participando ativamente de cada truque, espiando para dentro da manga, descobrindo todos os compartimentos secretos e desmoralizando por completo o mágico, que no dia seguinte mudará de profissão. Em seguida, a mãe do aniversariante tentará organizar um calmo e instrutivo jogo de charadas, mas ninguém lhe dará bola. As crianças agora brincam de Zorro, e o Eurico, montado no cachorro, faz um rápido "Z" com um jato de Coca-Cola na parede da sala.

Uma boa festa de aniversário deve terminar depois da meia-noite, quando o último pai sai arrastando a última criança, e a criança, o último balão, que estoura na saída. A mãe do aniversariante deve olhar para o marido, suspirar e declarar que está morta. Que irá direto para a cama e só pensará em arrumar a casa amanhã. Ou daqui a uma semana, sei lá. E só então se lembrará:

— Meu Deus, a Cândida! Temos que levar a Cândida em casa.

Uma boa festa de aniversário deve terminar com uma criança sonolenta sendo entregue em casa com a recomendação:

— Olhe que ela está que é só chocolate.

Exercícios para o verão

Ninguém deve descuidar da sua forma física só porque é verão. Para aqueles que negligenciam o seu Cooper porque com este calor, definitivamente, não dá, surge agora um novo método de condicionamento físico desenvolvido pelo Dr. Beer Belly e caracterizado por um mínimo de movimentação com um máximo de aproveitamento. Qualquer pessoa pode usar o método Beer Belly, mesmo que jamais tenha feito um exercício na vida, e com alguns movimentos básicos, repetidos várias vezes ao dia, conservar o tônus muscular, a boa disposição e a alegria de viver. E — importante — tudo isto longe do sol, sem correrias ou suadouros.

De acordo com o método Beer Belly, você deve sentar firmemente diante de uma mesa de bar, respirar fundo, erguer o braço sobre a cabeça e, agitando o dedo indicador, dizer claramente: "Ei, garçom!" Na maioria dos casos você sentirá os benefícios desta flexão imediatamente, com a aproximação do garçom. Caso contrário, repita o movimento até obter o resultado desejado. Então, peça um chope bem gelado. Com o chope na sua frente, você está pronto para a segunda fase do exercício (ver nas figuras abaixo).

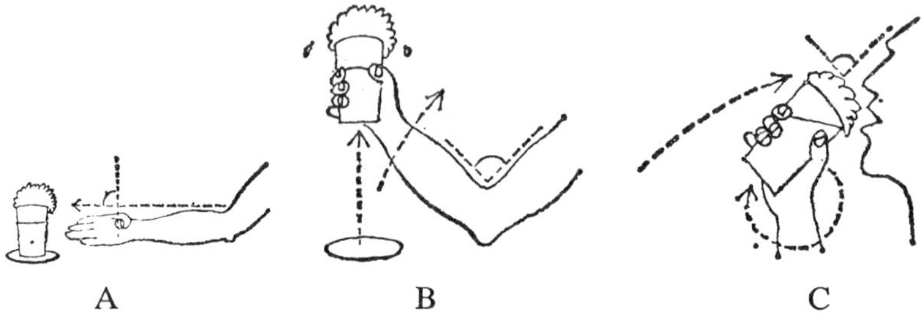

O movimento horizontal da mão em direção ao copo põe em ação 17 músculos essenciais, do pouco conhecido Tendão de Ágape (que tem íntimas ligações com o músculo cardíaco e alguma influência no baço e até meio aparentado com um dos pulmões) até o popular bíceps. Muito importante, neste movimento, é a posição do polegar (ou, no grego, Dedão) que deve formar um perfeito ângulo reto com a palma da mão até esta envolver a parte externa do copo. Para melhor aproveitamento, o copo deve estar gelado — e ao contrário de você —, suando muito. É desnecessário realçar a importância do Dedão na vida moderna. Nesta era tecnológica, onde tudo depende de apertar o botão certo, um Dedão desenvolvido pode significar até a sobrevivência do Ocidente como nós o conhecemos.

Este movimento deve ser repetido muitas vezes. Erga o copo na vertical até o braço e o antebraço formarem um V de Valium, ou um V bem largadão. Todo o controle nesta delicada operação, a mais importante do método Beer Belly, depende do pulso. O Dr. Beer Belly recomenda que, para evitar surpresas e o desperdício do precioso líquido, você treine antes com copos menores, como os de caipirinha, até firmar o pulso. O tríceps, os 32 músculos do cotovelo e (não me pergunte como) o adutor da perna direita são os principais beneficiados nesta fase.

À medida que o copo se aproxima dos músculos faciais (que devem ser descontraídos proporcionalmente à aproximação do copo, passando de um meio sorriso de antecipação para um semibico de expectativa), vá girando o pulso lentamente, de maneira que o encontro da borda do copo com o músculo labial inferior se dê num ângulo nunca inferior a 82 graus, para evitar o fenômeno cientificamente chamado de espuma no nariz. Esta fase serve para desenvolver a sincronização motora, o quadríceps e os importantíssimos músculos da deglutição, sem os quais você e eu não conseguiríamos engolir nada e teríamos que nos submeter à alimentação intravenosa, com todos os riscos da agulha rombuda e da hepatite. Uma vez reposto o copo sobre a mesa, depois de repetidos os movimentos A, B e C, só que ao contrário, levante o outro braço e passe as costas da mão na boca para limpá-la. Desta maneira você exercita os músculos do outro lado. A seguir estale os lábios. Dizer "Aaahhh..." é opcional, segundo o Dr. Beer Belly.

E aguardemos o lançamento no Brasil do segundo livro do Dr. Beer Belly, *Colesterol é Vida!*, publicado pouco antes da sua morte prematura no verão passado.

Este ano vai ser diferente!

Cada ano novo é como uma folha de papel em branco à sua frente. Você pode fazer o que quiser com ela. Pode traçar novas coordenadas para sua vida com o lápis (nº 2) da sabedoria, a régua da experiência e o esquadro da razão — e, se for preciso, a borracha do arrependimento —, ou pode apenas rabiscar frases inconseqüentes ("Tem homem que bota a mulher num pedestal para poder olhar por baixo do seu vestido"), desenhar bonecos pelados ou simplesmente dobrar o papel, fazer um aviãozinho e jogar pela janela. Depende somente de você. A vida é sua. Aproveite esta oportunidade que o ano novo nos dá para reexaminarmos o mapa da nossa existência e corrigirmos o nosso curso a fim de não encalharmos, irreversivelmente, nos rochedos da desilusão. A minha primeira resolução para 2006, por exemplo, é nunca mais escrever nada que contenha a frase "rochedos da desilusão".

Estive fazendo um levantamento íntimo para saber quantas das minhas resoluções para 2005, feitas no fim de 2004, consegui cumprir. (Você se lembra de 2004? Foi aquele ano que a gente dizia que pior não podia haver, e aí veio 2005.) Eram resoluções modestas e sensatas. Por exemplo: *Fazer regime.* Consegui. Fiz vários durante o ano. Comecei dietas para emagrecer todas às segundas-feiras e se a dieta nunca passou do almoço da terça-feira a culpa não foi minha. Tenho outro por dentro (chamado, estranhamente, Gusmão) e ele não aceitava o regime. Quem engordou em 2005 foi o Gusmão. Eu só expandi para lhe dar espaço.

Conhecer a Aline Moraes. Ainda não foi este ano. Mas cheguei perto: falei com uma contratia dela pelo telefone.

Ler *A Montanha Mágica.* Ninguém pode dizer que não tentei. Uma noite carreguei o livro para minha mesa-de-cabeceira, regulei a lâmpada para "autor alemão, letra miúda", me enfiei embaixo das cobertas, peguei o livro e tive que ser hospitalizado com afundamento no osso do peito. Agora, como medida de prudência, estou procurando uma edição de bolso.

Fazer mais exercício. Importantíssimo. A vida sedentária é péssima para a saúde. Decidi fazer mais exercício e praticar esportes em 2005 e hoje — fora uma distensão no músculo adutor da perna esquerda, o deslocamento de um ombro, hematomas generalizados pelo corpo e a impossibilidade de virar o pescoço para qualquer um dos lados ou de pronunciar certas proparoxítonas — me sinto ótimo. No meu último eletrocardiograma, a agulha escreveu um palavrão no gráfico, mas os médicos dizem que não é nada.

Ser um cidadão politicamente mais ativo. Escrevi diversas cartas para os jornais, os congressistas, o presidente da República, a Hillary Clinton e o Dalai-Lama sobre direitos humanos, a má distribuição da renda e a absurda insistência com Gil na ponta-direita da seleção, mas sem nenhum resultado prático. Desconfio que as cartas nem foram entregues. Meus protestos formais contra o Correio não foram ouvidos. Decidi abandonar os meios legais e partir para a ação. Mordi o nosso carteiro.

Começar a fumar. Para não ficar atrás dos amigos que descreviam sua luta heróica para abandonar o vício do fumo, decidi adquirir o vício do fumo para depois abandoná-lo com grande sacrifício e poder participar da conversa. Não foi fácil. Eu não fumava desde a minha primeira e última experiência (com Belmonte Liso) aos 11 anos, e é duro abandonar um hábito de tantos anos. Tentei de tudo. Quando me vinha a vontade incontrolável de chupar uma bala, acendia um cigarro. Deixei de tomar cafezinho para evitar a tentação de não fumar depois. Experimentei o método gradual: primeiro meio cigarro por dia, depois dois, depois uma carteira, duas, três... Estava conseguindo fumar cinco carteiras por dia quando tive uma recaída e voltei ao vício de não fumar. Eu tinha começado a não fumar, exclusivamente para não ter o que fazer com as mãos. É duro. É preciso muita força de vontade. Mas sei que conseguirei.

Ser mais tolerante. Resolvi que em 2005 faria um novo esforço para vencer algumas antipatias gratuitas minhas, como mímica, carne de fígado, pessoas que repetem três vezes o fim da anedota, expressão corporal, as palavras "assumir", "tá entendendo" e "maximizar", gente que fala muito sobre os seus cachorros, gente que fala muito, gatos, lutas orientais, Wilhelm Reich, Hermann Hesse, Carlos Castaneda e couve-flor. Não só não consegui vencer estas antipatias como acrescentei mais algumas à lista durante o ano: terapia transcendental, a palavra *feedback*, todos os adjetivos para democracia e gente com pronúncia muito boa em francês.

Praticar boas ações. Desisti depois que a velhinha que ajudei a atravessar uma rua movimentada no centro da cidade me segurou por trás enquanto duas outras revistavam apressadamente os meus bolsos.

Cortar toda bebida alcoólica. Tentei muitas e muitas vezes, mas sem nenhum sucesso. Só o que consegui foi molhar a faca.

Não é fácil, como se vê. Alguém já disse que o caminho para o Inferno está pavimentado com boas intenções e certamente se referia a resoluções de ano novo não-cumpridas. Algumas não resistem a muitos minutos.

— Meu bem, tomei uma resolução. Abandonei o jogo. Para sempre. Não jogo nem mais um centavo.

— Essa, só vendo...

— Quer apostar?

Remorso

Deus criou o mundo em seis dias, descansou no domingo e na segunda se arrependeu. Desde então, a segunda-feira ficou consagrada como dia internacional do remorso. Dia de ardência no esôfago e segundos pensamentos. De telefonar para os amigos e avisar que não nos responsabilizamos por nada dito, feito ou sugerido das seis horas de sexta-feira à meia-noite de domingo. Nem pelas ofensas nem pelos elogios.

— Alô, Fulano? Desculpe por tudo.

— Desculpe por quê?

— Não sei, mas desculpe. Não me lembro de mais nada depois que saímos do Butikin.

— Mas nós não estivemos no Butikin.

— Então foi pior do que eu pensava. Escuta, quantos são os mandamentos?

— Da última vez que contaram eram dez.

— Eu só me lembro de ter desejado a tua mulher, deixa ver, levantado falso testemunho, roubado, desonrado meus antepassados por várias gerações... Até aí são quatro, só na sexta-feira.

— Mas você me deu uma grande alegria, disse que eu era um cara sensacional e...

— Então são cinco, menti também. Em todo caso, obrigado por me trazer em casa.

— Mas foi você quem nos deixou em casa no seu carro.

— Impossível, eu não tenho carro! Que noite...

A Loteria Esportiva institucionalizou o remorso. Você começa se martirizando por não ter adivinhado — meu Deus, tava na cara! — que o Palmeiras empatava com o Sergipe e termina desencavando culpas arqueológicas, dando toda razão aos fados por não premiarem o seu indigno, ignóbil, pretensioso, ridículo cartão da Loteria. E a Sena, você tem certeza, só sai para os puros de espírito. Aí você jura que não bebe, não peca e não joga, nunca mais. Ou pelo menos até a próxima quinta-feira.

Um baile em algum lugar

Sabe como é carnaval. Quando você vê, está no apartamento do Juba bebendo vodca quente porque a geladeira quebrou e tem um italiano dizendo "*Cosa? Cosa?*" no telefone, que pelo jeito também não funciona, e a única mulher que apareceu foi a Be, e ainda por cima de bronca com todo mundo. Aí chega o Júnior Filho e diz que descolou uns convites para um baile em algum lugar e a discussão passa a ser quantos cabem no Escort, levando-se em consideração que a Be não vai no colo do italiano nem morta. O Portugal rejeita a sugestão de ir buscar seu Gol, mesmo porque já vendeu.

— Quantos nós somos? — quer saber o Valdir, cuja perdição é querer organizar tudo. O Valdir, inclusive, já planejou o próprio velório, especificando onde, como e quem deve ser corrido do lugar se aparecer, porque hipócrita não. Deu o plano pro Magro guardar até o dia da sua morte, e o Magro perdeu no dia seguinte, mas diz pro Valdir que está no cofre. Como o Valdir vai saber se o plano foi seguido ou não?, argumenta ressentido com as críticas. Outra mania do Valdir é a solenidade.

É sempre ele que propõe os brindes, diz umas coisas e se emociona sozinho, e fala tanto em como o grupo é amigo e unido e de fé que todo mundo foge dele, tanto que é o único que ainda não conseguiu comer a Be. Nem o Magro, que serviu com ele, agüenta o Valdir.

— Nove — diz o Matinhos, o único fantasiado. Quer dizer, botou um frango de borracha na cabeça e diz que é em homenagem ao Banco Central, o que ninguém entende.

— No carro só cabem cinco — diz o Júnior Filho (filho do seu Júnior da revendedora, que o deserdou depois que ele roubou o Escort da loja), espalmando as mãos na frente do peito para prevenir qualquer desafio à sua conta.

— Você contou o italiano? — quer saber o Portugal do Matinhos.

— Não. É pra contar?

— Claro. Só porque é estrangeiro? Com o italiano são dez. Dançam cinco.

A esta altura já foi uma vodca inteira e abriram outra, e o italiano continua no telefone gritando "*Cosa? Cosa?*", e o Valdir resolve organizar. Quem vai no Escort e quem fica e se vira. Membros natos do grupo que vai são o Júnior Filho, dono (por assim dizer) do Escort, a Be porque é a Be, e o italiano porque é visita, apesar dos protestos do Magro que quer saber quem é esse cara afinal.

— Amigo do Juba — diz alguém.

Subentendendo-se que, como amigo do italiano, o Juba também tem que ir no Escort, uma lógica que o Magro ataca violentamente, sem sucesso. Sobra um lugar para ser sorteado entre cinco. Be, prevendo problemas no Escort apertado, propõe o critério "quem está menos bêbado", rebatido pelo Portugal, o mais velho, que sugere que vá o mais velho e, teoricamente, com menos carnavais pela frente. O Matinhos, como único fantasiado, invoca razões práticas para ser o escolhido, você sugere que vá o mais magro e o Magro, que é gordo, manda todo mundo à merda. O Valdir então declara que está se retirando das negociações já que a sua intenção era ajudar e não desunir e vai sentar na única poltrona que o Juba conseguiu tirar de casa para seu apartamento de solteiro sem que a dona Leoncina notasse, emburrado. O Magro e o Matinhos só não se pegam a tapa porque nenhum consegue localizar bem o outro na sua frente e a Be diz sabe de uma coisa? Vocês são todos uns issos e uns aquilos e eu vou é embora, e vai. Com a desistência da Be, abre-se uma segunda vaga no Escort e você sugere uma eliminatória usando a garrafa vazia de vodca, e o Valdir sai do seu auto-exílio para organizá-la, colocando os cinco que sobraram, inclusive ele, sentados num círculo no chão e fazendo rodopiar a garrafa no meio, só que ele usa a garrafa com vodca e o desperdício provoca uma grande revolta, só interrompida quando o italiano grita "*Porca miséria!*" e atira o telefone contra a parede, e o Juba grita "Epa! Epa!" e vai pedir satisfação ao italiano, que acaba expulso do apartamento. Depois o Juba diz que não tinha a menor idéia de quem era o italiano, sabe como é carnaval, e dá um desânimo geral em todo mundo e resolvem não ir a lugar nenhum e ficar vendo pela televisão, só que a televisão do Juba também está quebrada, e, quando você vê, está estirado no chão, com o Matinhos dormindo do seu lado, o frango caído sobre um olho, e lá se foi o carnaval. E a ressaca?

Dia da confraternização

DE: Gerência Executiva
PARA: Todos os funcionários

Como é do conhecimento de todos, esta Empresa realiza anualmente o seu Dia da Confraternização, uma oportunidade para colegas de trabalho e seus familiares se reunirem num ambiente de congraçamento, descontração e sadio companheirismo. Como em outras ocasiões, o Dia da Confraternização deste ano teve lugar na Sede Campestre da Fundação que leva o nome do Fundador da nossa Empresa e saudoso pai do nosso atual Diretor-Presidente. Infelizmente, nem todos sabem compreender o espírito do evento, como atestam os desagradáveis acontecimentos, a que passamos a nos referir.

Já no primeiro jogo do torneio de futebol interdepartamental que se realizou pela manhã, Recursos Humanos *X* Manutenção e Oficinas, surgiram os primeiros incidentes. O doutor Almeida, assessor do nosso Departamento Jurídico, prontificou-se gentilmente a atuar como juiz. As chacotas dirigidas aos calções largos do doutor Almeida eram compreensíveis, pois estavam dentro do espírito descontraído da ocasião. Nada justifica, no entanto, a covarde agressão de que foi vítima o doutor Almeida depois de apitar o pênalti que deu a vitória ao Departamento de Recursos Humanos. No jogo Contabilidade *X* Almoxarifado, realizado a seguir, era evidente a intenção dos jogadores do Almoxarifado de atingir, deslealmente, o nosso estimado caixa Gurgel, que quando se recusa a descontar vales para o pessoal o faz por orientação da Direção e não — como pareciam pensar seus adversários — por decisão própria. Gurgel ficou desacordado até a hora da distribuição dos brindes, outro lamentável episódio que comentaremos adiante. O torneio de futebol atingiu o cúmulo da violência no jogo decisivo, Secretaria *X* Embalagem e Expedição, realizado às três da tarde, quando todos já reclamavam o início do churrasco, e uma tentativa de invasão da churrasqueira por parte de um grupo de mães à procura de comida para seus filhos fora repelida à força por elementos do nosso Departamento de Segurança Interna. Houve uma batalha campal entre jogadores e assistentes e o nosso companheiro Druck, do Faturamento, que atuava como juiz, está hospitalizado até hoje. Recebendo, aliás, completa assistência da Empresa, embora não fosse um acidente de trabalho, mas tudo bem.

Como faz todos os anos, nosso Diretor-Presidente preparou-se para dizer algumas palavras antes de começar o churrasco, agradecendo a colaboração de todos para o crescimento da Empresa durante o ano. Foi recebido com gritos de "Aí, lingüinha", "Fala, seboso" e "Nada de discurso, queremos comida". Também recebeu um pão na testa. Com seu conhecido espírito democrático e tolerante, nosso Diretor-Presidente decidiu suprimir o discurso. O churrasco transcorreu sem maiores incidentes, fora o prato de salada de batata despejado, à traição, sobre a cabeça do doutor Almeida, reflexo ainda da sua atuação como juiz pela manhã, mas o consumo de chope foi alto e a certa altura ouviram-se pedidos descabidos para que a digníssima esposa do nosso Diretor Industrial, dona Morena, fizesse um *strip-tease* em cima da mesa, sendo nosso Diretor obrigado a segurar sua mulher à força. Chegou a hora de sortear os números que receberiam brindes, o que foi feito pela digníssima esposa do nosso Diretor de Planejamento, dona Santa, recebida com gritos de "Pelancuda! Pelancuda!". O primeiro número sorteado por dona Santa foi o do seu sobrinho Roni, do Departamento de Arte, o que despertou revolta geral e gritos de "Marmelada!". Todos avançaram sobre os brindes e na confusão diversos membros do nosso Conselho Fiscal foram pisoteados, e dona Morena sofreu alguns apertões.

A Direção está disposta a esquecer os acontecimentos do Dia da Confraternização se os funcionários se comprometerem a esquecê-los também. Elementos da Secretaria e de Embalagem e Expedição têm-se envolvido em seguidas brigas durante o horário de trabalho a respeito do jogo inacabado, e o doutor Almeida, cuja presença no nosso Departamento Jurídico é indispensável, está impedido de aparecer na Empresa sob o risco de apanhar. Isto está afetando a nossa produção. Se as coisas continuarem assim, a Direção será obrigada a tomar medidas drásticas, podendo, inclusive, cancelar o Dia da Confraternização do próximo ano!

Vidão

Havia mar nos seus nomes, os dois eram jovens e livres e a vida era curta. Que outras razões faltavam para Marialva aceitar o convite de Gilmar e dar um passeio noturno na sua lancha, só os dois, as estrelas e o Marcão (outro com mar no nome!), um capixaba discreto, segundo Gilmar, para servir o champanhe? Marialva hesitou. Mal conhecia Gilmar, e já tinha sido avisada no clube: "Não saia de barco com aquele ali." Mas Gilmar era atraente, apesar de pequeno, pois o que lhe faltava em altura sobrava em dinheiro, e Marialva aceitou, e os três zarparam num fim de tarde, em meio a um crepúsculo de folhinha ("Encomendei para você!", gritou Gilmar, entre risadas das gaivotas. E depois, fazendo um gesto que englobava tudo, eles, o barco, o mar e o céu coloridos: "Vidão!"). Marcão, além de servir o champanhe, o patê e as ostras e cuidar do som (barroco italiano), pilotava a grande lancha, que balançava suavemente nas ondas tingidas de lilás, e teve que vir correndo quando o Gilmar levantou-se de onde estava deitado, com a cabeça pousada nas coxas nuas também tingidas de lilás de Marialva, e precipitou-se para a amurada do barco. Marcão chegou a tempo de segurar a sua testa enquanto ele vomitava. Depois Gilmar falou:

— Não adianta. Vamos voltar.

Na volta, enquanto Gilmar repousava na cabine, Marialva ouviu de Marcão a história do seu desafortunado patrão. Era sempre assim. Ele enjoava até com mar calmo. Às vezes nem dava tempo de chegar à amurada, era em cima da mesa mesmo. Uma vez a moça que estava com ele, indignada com os respingos, o agredira com o balde de gelo. Acontecia todas as vezes. Ele começava a enjoar e tinha que interromper o passeio. Mas não desistia.

— Por quê? — quis saber Marialva.

— Porque é pra isso que ele comprou o barco. Porque é essa a vida que ele quer. Ou, como ele sempre diz, o "Vidão!".

— Mas por que não mudam pelo menos o cardápio?

— O quê? E servir chá com torradas? Não seria um vidão.

Dias depois, Marialva ouviu Gilmar falando com uma bela mulher no bar do clube. Dizendo:

— Ostras. Champanhe. Vivaldi. Só nós dois. E o mar. E se você quiser, providenciarei uma lua cheia. Hein? Hein?

Sexo sexo sexo

Sexo, sexo, sexo. Todo mundo só fala em sexo. Entreouçamos:

* * *

Merlusa Cavalcante, socialaite: "Acho que fui uma adolescente normal. Minhas fantasias sexuais eram com estrelas do cinema. Lembro que as paredes do meu quarto eram cobertas de fotografias de atores e eu me imaginava transando com todos eles... Rin Tin Tin, King Kong, o cavalo do Roy Rogers..."

* * *

Diva Gar, oceanógrafa: "Minha primeira transa foi num Volkswagen. Começou no banco de trás. Quer dizer, meu namorado foi pro banco de trás e eu fiquei metade no banco da frente e metade no banco de trás, sabe como é? Aí ele sugeriu que eu botasse uma perna pela janela e dobrasse a outra por baixo do banco da frente, no lado direito, enquanto ele tentava vir por cima do banco do lado esquerdo, aí eu comecei a dizer 'Ai, ai', e ele disse 'Mas eu ainda não fiz nada', e eu disse 'Não, é que meu ombro ficou preso embaixo do freio de mão'. Aí ele disse pra eu recolher a perna que estava pra fora, e eu recolhi, mas fiquei com o joelho preso no volante e apoiei o cotovelo onde não devia e o meu namorado, coitado, deu um grito de dor. Aí eu pulei pra trás e bati com a cabeça no pára-brisa e ele saiu correndo pra chamar uma ambulância. Aí veio a ambulância e ele foi comigo para o hospital na parte de trás e aí, sim, deu pra transar legal porque tinha bastante espaço e até uma cama."

* * *

Miro Masaferro, corretor: "Eu e minha esposa temos relações sexuais três vezes por semana, às terças, quintas e sábados. Terças e quintas das dez às dez e vinte e sábados das onze às onze e quarenta, com um intervalo para gargarejo. Religiosamente. É uma rotina que mantemos há vários anos e que não pretendemos mudar, apesar dos protestos que ouvimos quando, por exemplo, estamos jantando num restaurante e eu digo 'Querida, são dez horas' e vamos para baixo da mesa. Eu acredito que o segredo para uma vida sexual feliz é o mesmo que para a saúde intestinal: a regularidade. O importante é nunca falhar. Não sei como vai ser hoje. Vamos estar num velório..."

* * *

Toca Tamborim, estilista: "Eu acho sexo uma coisa muito natural que acontece entre seis ou sete pessoas com apetites normais, um pouco de creme chantilly e um desentubidor de pia. Qual é o problema? As pessoas fazem um mistério. Ah, porque calda de chocolate suja a cama, ou o liquidificador e o vibrador juntos podem dar curto-circuito, e mais isso e mais aquilo. Qual é o problema, gente? Não foi Deus que nos botou no mundo com nossos corpos, e os arreios, e as ligas pretas? Pode haver coisa mais natural do que gel íntimo sabor framboesa? Poxa!"

* * *

Dico Tomia, almoxarife e poeta: "Eu acho que o sexo tem que ser entre pessoas que se amam, ou se gostam, ou se respeitam, ou então não se conhecem mas não têm nada mais para fazer entre as seis e as oito.

Senão fica uma coisa mecânica, entende?"

* * *

Dani Ficada, maquiadora e estudante de comunicação: "Ouvi dizer que um russo descobriu uma nova zona erógena. Parece que é a primeira nova descoberta na área desde que um inglês estabeleceu a exata localização do clitóris, no século XIX. O russo ainda não revelou onde é a nova zona erógena, que levará o seu nome, Paprovski, mas especula-se que fica num local inesperado, até agora pouco explorado, do corpo humano. Eu vibrei com a notícia porque, francamente, não agüento mais sempre a mesma coisa, sempre a mesma coisa. Nénão?"

* * *

Beto Neira, mestre-de-obras: "Mulher, pra mim, é a que quica. Sabe cumé? Vai e volta. Mulher que fica no chão, pra mim, não tem moral. Estatelada não tem perdão, qual é. Tudo no sentido figurado, claro."

* * *

Dina Vio, dona de casa. "Se eu traio? Traio. Mas com classe. Nada às pressas, sem cerimônia, sem um tuchê. Sabe tuchê? Também, eu devo ser a última mulher no mundo que ainda pede vermute doce."

* * *

Malcon Tado, tabelião e tenor: "Eu acho que na cama vale tudo, menos legumes. Já perdi a namorada porque disse que o meu limite era o pepino. E nos dávamos bem, ela também é do coral da igreja..."

* * *

Alma Naque, psicóloga: "Homem é como fruta. Você tem que pegá-los maduros, quando não estão mais verdes e ainda não começaram a apodrecer. Mas é um instante fugidio."

* * *

Rudi Mentar, analista de sistemas: "Língua na orelha. Decididamente, língua na orelha. O resto é para não-iniciados."

* * *

Flora Medicinal, motorista. "Eu gostava muito mais do antigo método de reprodução humana. Lembra como era? Tiravam uma costela do homem, por cesariana, sem anestesia, e faziam outra pessoa. A mulher ficava só na vida mansa, não era nem com ela. Depois mudou tudo e hoje a mulher é quem sofre para dar cria. Afinal, não é? 'Ele' é homem. Funcionou o *lobby*. Classe unida taí..."

* * *

Constancia Nureto, advogada: "Tem homem que pensa que 'educação sexual' quer dizer bater antes de entrar."

* * *

Xavier Nougat, cirurgião dentista: "O sexo é a coisa mais íntima que pode haver entre um homem e uma mulher, fora o casamento."

* * *

Mara Zul, nutricionista e vidente: "Usar o sexo só para a reprodução é como só sair com o carro para levar na oficina."

* * *

Mamuela Bacal, bibliotecária: "Todo mundo conhece o sadismo, que é o sexo feito à maneira do Marquês de Sade, e o masoquismo, que é sexo como gostava o Barão de Masoc, mas pouca gente sabe que existem outras taras sexuais ligadas à literatura. Por exemplo: o Jorge Luis Borgismo, quando o homem só chega ao orgasmo sendo açoitado por uma estudante de lingüística dentro de um labirinto. O Ernest Hemingwayismo, que é quando o homem só se satisfaz transando com uma mulher e atirando num leão, ou vice-versa, ao mesmo tempo."

* * *

Mulam Bento, arquivista: "Eu sou masoquista e minha mulher é sádica, mas o que estraga o nosso relacionamento é o ciúme. Quando eu chego em casa com uma mancha vermelha na camisa, preciso jurar que não é sangue, é batom, senão ela tem um ataque histérico e, como castigo, não me bate."

Festa de criança

Você reconhece quem teve uma festa de criança em casa no dia anterior. Alguma coisa no rosto. A expressão de quem chegou à terrível conclusão de que Herodes talvez tivesse razão.

— Que respiração ofegante o senhor tem!

— Foi de tanto encher balão.

— Que dificuldade o senhor tem para caminhar!

— Foi de tanto levar canelada tentando apartar briga.

— Como as suas mãos estão trêmulas!

— Foi de tanto me controlar para não esgoelar ninguém!

Respeito e consideração para quem teve uma festa de criança em casa no dia anterior.

O pai e a mãe estão atirados num sofá, um para cada lado. Semiconscientes. Já é noite, mas a festa ainda não acabou. Sobram três crianças que não param de correr pela casa.

— Tenho uma idéia — diz o pai.

— Qual é?

— Vamos mandar eles brincarem no meio da rua. Esta hora tem bastante movimento.

— Não seja malvado. Daqui a pouco eles vão embora.

— Quando? Essas três foram as primeiras a chegar. Acho que os pais deixaram elas aqui e fugiram para o exterior.

Uma menina cruza a sala na corrida. Quando chegou, tinha o vestido mais engomado da festa. Depois de três banhos de guaraná e uma batalha de brigadeiros, parece uma veterana das trincheiras.

— Essa aí é a pior — diz o pai, num sussurro dramático. — Essa baixinha! É um terror!

— Coitadinha. É a Angélica.

— Angélica?! É uma terrorista!

— Sshhh.

— De onde é que saiu essa figura?

— É uma colega do Paulinho.

— E aquele ranhento que não pára de comer?

— É o Chico. Também é colega.

— Será que não alimentam ele em casa? E o outro, o que está pulando de cima da mesa?

— É o Paulinho! Você não reconhece o seu próprio filho?

— Ele está coberto de chocolate.

— É que ele teve uma luta de brigadeiros com a Angélica...

— E perdeu, claro. A Angélica é imbatível. Guerra de brigadeiros, jiu-jítsu, vôlei com balão, hipismo com cachorro. Ela foi a única que conseguiu montar no Atlas.

— Por falar nisso, onde é que anda o Atlas?

— Fugiu de casa, lógico. Era o que eu devia ter feito.

— Ora, é só uma vez por ano...

— Você precisava me lembrar? Pensar que daqui a um ano tem outra...

— Você não pode falar. Você também gosta de fazer festa no seu aniversário.

— Mas nós somos finos. Nenhuma festa teve guerra de chocolate. Nos embebedamos como pessoas civilizadas.

— Ah, é? E o anão com o trombone?

— Essa história você inventou. Não havia nenhum anão com um trombone.

— Ah, não? A Araci é que sabe dessa história. Só que ela foi embora no mesmo dia.

O Chico se aproxima.

— Tem mais cachorro-quente?

— Não, meu filho. Acabou.

— Brigadeiro?

— Também acabou, Chico.

— Dá uma lambida na cabeça do Paulinho — sugere o pai, sob um olhar de reprimenda da mãe.

— Puxa, não tem mais nada? — diz o Chico. E se afasta, desconsolado.

— E ainda reclama, o filho-da-mãe!

— Shhh.

— Bom, você eu não sei, mas eu...

— Você o quê?

— Vou tomar meu banho, se é que ainda tenho forças para ligar um chuveiro, e ver televisão na cama.

— E quando chegarem os pais?

— Que pais?

— Os pais da Angélica e dos outros, ora.

— O que é que eu tenho com eles?

— Quando eles chegarem, você tem que receber.

— Ah, não.

— Ah, sim!

— Mais essa?

Batem na porta. O pai vai abrir, esbravejando sem palavras. É um casal que se identifica como os pais da Angélica.

— Entrem, entrem.

— Nós só viemos buscar a...

— Não, entrem. A Angélica não vai querer sair agora. Ela é um encanto. Meu bem, os pais da Angélica. Sentem, sentem.

O pai esfrega as mãos, subitamente reanimado.

— Quem sabe uma cervejinha? Querida, vá buscar.

Como a Araci se foi, a própria mãe — que se ocupou com a festa desde de manhã cedo, que mal se agüenta em pé, que podia matar o marido — vai buscar a cerveja. Pisando nos embrulhos de doces, nos copos de papelão e nos balões estourados que cobrem o chão e que ela mesma terá de limpar no dia seguinte. Respeito e comiseração para as mães que tiveram festa de criança em casa, no dia seguinte.

Enquanto isto o pai acaba de abrir a porta para os pais do Chico e os manda entrar, entusiasmado com a idéia de começar sua própria festa.

— Querida, mais cerveja!

Os frutos do ócio

Na sexta-feira antes do carnaval, dei ordem para só ser incomodado em casos de extrema urgência como, por exemplo, a hora da comida. Decidi me retirar do mundo e só ressurgir, como uma fênix mal-humorada, das cinzas da quarta-feira. Durante quatro dias, enquanto a república se entregava alegremente a cadeiradas, garrafadas, cargas da polícia — os tradicionais folguedos de Momo — eu estive recolhido a mim mesmo, repensando as coisas. Foi uma longa, às vezes angustiosa, mas finalmente proveitosa viagem interior, da qual voltei com uma nova visão do homem, da vida e do valor de tudo. Não sei se a humanidade está pronta para estas revelações, mas não quero pensar que todo o meu trabalho em não fazer nada durante quatro dias tenha sido em vão.

Comecei com o relaxamento ritual hindu. Deitado de costas, de olhos fechados e com as mãos cruzadas sobre o baixo-ventre para evitar qualquer imprevisto, exortei o meu corpo a abandonar as tensões acumuladas em milhares de dias úteis. "Esqueçam tudo, pés. Dedos: tudo vai acabar bem. O dedão, eu sei, está preocupado com a crise do petróleo, mas não deve se preocupar. Calma, tíbia. Joelhos, o que é isso? A guerra atômica é uma possibilidade remotíssima. Vocês devem confiar no Bush e no bom senso dos líderes mundiais. O músculo adutor direito não tem por que pensar no custo da vida. Calma. Etc., etc." Quando até o meu último fio de cabelo estava, finalmente, relaxado (a pálpebra esquerda me deu algum trabalho, descobri depois que ela estava muito nervosa com a saúde do Chirac), dormi durante 15 horas e acordei com a primeira das Três Revelações do meu resguardo.

A Primeira Revelação: a maior prova de que a Criação é imperfeita é a existência das unhas do pé. Quase perdi o sono com a grandiosidade desta descoberta e todas as suas implicações. Não há lugar para a unha do pé em nenhum Desígnio da Criação. A unha do pé é um esquecimento — logo, uma imperfeição — da força que nos criou e nos traz de pé, seja ela Deus ou que outro nome tenha. E, portanto, pode pôr tudo a perder. A unha do pé é a única coisa absolutamente inútil do corpo humano. Os próprios dedos do pé têm uma razão para existir. Ajudam — dão uma mão, por assim dizer — no equilíbrio da espécie. E estão nas origens da sandália havaiana. As unhas do pé não têm qualquer aplicação prática. Dirá alguém, preocupado com o alcance da minha revelação, que deve haver alguma serventia para a unha do pé. Não há. É horrível, mas não há. As unhas do pé não têm justificativa. E o fato de persistirem, através das gerações, sem qualquer indício de estarem no fim, denuncia a incompetência dos responsáveis pelo nosso destino. Você chega a desconfiar que não tem ninguém prestando atenção. É tudo gratuito e sem sentido. A partir da unha do pé, você começa a questionar todas as intenções do universo. Se a unha do pé existe, tudo é permitido.

Depois dormi mais 17 horas e acordei com a Segunda Revelação: a unha do pé tem uma função que ainda não nos foi revelada.

É isso! A unha do pé é a chave de tudo. No fim dos tempos, saberemos a serventia da unha do pé, e o homem se conhecerá pela primeira vez.

Dormi mais vinte horas e acordei com uma comichão no tornozelo esquerdo. Cocei com a unha do dedão do pé direito, enquanto tentava descobrir que revelação me acordara desta vez. Não consegui e dormi de novo. Quando me lembrar da Terceira Revelação, conto para vocês. Nem que seja só no outro carnaval.

Confissões

Eram quatro. Reuniam-se todos os sábados para beber, almoçar, beber, conversar e beber. Amigos, como se diz, de longa data. Um deles uma vez calculou que a data mais longa que existia, sílaba por sílaba, era vinte e oito de fevereiro de mil quatrocentos e qualquer coisa. Era este o tipo de conversa que ocupava o sábado dos quatro. Semana após semana, ano após ano.

Mas ultimamente a conversa tinha começado a ficar séria. Quanto mais eles bebiam, mais séria e pessoal ficava a conversa. No fim do dia, os quatro se faziam confidências antes inimagináveis. E os insultos que antes trocavam por amizade, já que brasileiro só xinga a mãe do pior inimigo ou do melhor amigo, agora eram para valer. Acusavam-se mutuamente de tudo, buscavam mágoas enterradas há anos e exigiam reparação. Os ressentimentos se empilhavam sobre a mesa como os pratos vazios e eles só não iam à agressão física porque ninguém tinha condição de acertar ninguém. Chegavam ao fim do sábado tão bêbados que no dia seguinte nenhum se lembrava do que tinha dito na noite anterior, muito menos o que tinha ouvido. Quando se reuniam no sábado seguinte, sabiam que tinham razões para se odiarem, ou para não se olharem mais nos olhos, só não se lembravam quais eram. O máximo que conseguiam era resgatar trechos da conversa, fragmentos com os quais tentavam reconstituir a orgia de revelações de uma semana antes. Todos os sábados, tinham uma epifania sentimental que esqueciam no domingo.

— Quem foi que disse que viu a mãe tomando banho, e que todo o resto da sua vida foi só conseqüência?

— O quê?!

— Alguém disse. Ah, disse. Quem foi?

— Dá mais algum detalhe.

— Banho de banheira ou chuveiro?

Combinaram que um deles, escolhido por sorteio, ficaria sóbrio e anotaria tudo o que fosse dito, comprometendo-se apenas a não usar o material para fazer chantagem. Seria uma espécie de ata da reunião para ser lida na reunião seguinte. No outro sábado, o escolhido declarou seu fracasso. Não conseguia ler suas anotações. Aparentemente, absorto na sua função, bebera sem sentir e no fim do sábado estava igual aos outros. Só escrevera uma frase completa e inteligível, "O pior corno é o que a mulher trai com um alfaiate", pela qual ninguém se responsabilizou.

Então fizeram o seguinte. Convocaram o Alcides para ajudá-los.

Era o garçom que os servia aos sábados. Na verdade, seu nome não era Alcides, mas como o primeiro garçom que os servira no lugar se chamava Alcides, todos os outros herdaram o nome. Como o nome César dado a todos os imperadores de Roma depois de César.

— Alcides!

O plano era o Alcides ligar o gravador que deixariam sobre a mesa, quando notasse que eles tinham entrado na fase confessional.

O Alcides fez o combinado e teve o cuidado de guardar o gravador até a outra reunião. No sábado seguinte, antes mesmo do primeiro aperitivo, os quatro ligaram o gravador para ouvir a fita.

Não se entendia nada. Todos falavam ao mesmo tempo. Até que uma voz se destacou, silenciando as outras com sua veemência.

— Era eu! Era eu!

— O quê?

— Me deixem contar! Eu quero contar!

— Conta.

— Naquela noite! Era eu!

— O quê, pô?

— No quarto. Com a Nonô. Era eu! A história do assaltante foi invenção. Eu e a Nonô...

Foi o marido da Nonô que apertou o botão do gravador, interrompendo a confissão. Foi o marido da Nonô que chamou "Alcides!" e sugeriu que esquecessem o gravador e começassem os trabalhos do sábado. Foi o marido da Nonô que especificou, depois de pedir caipirinha sem muito açúcar:

— E as bolinhas de queijo.

Querendo dizer que a vida é muito curta.

Aleluia

O Super-Homem se fantasia de Clark Kent. Isto é muito importante. Eu sei que você ainda está de ressaca, mas preste atenção que isto é importante. O Super-Homem "sai" de Clark Kent como você sai de tirolês estilizado, entende? Acorda, pô! O dia-a-dia do Super-Homem é o seu carnaval. É quando ele se solta. A rotina da redação, o cafezinho com Lois Lane no bar da esquina, as preocupações com salário e tempo de serviço, o aluguel do apartamento, a lavanderia, o trânsito. Enfim, as vicissitudes. Esta é a fantasia do Super-Homem. Você está concordando comigo ou está roncando? O Super-Homem voando, lutando contra o mal, de malha azul justa no corpo, é um aborrecido. Não vê a hora de vestir o seu Clark Kent e cair na folia do cotidiano. Garçom, traz outra Brahma. Pode ser da Antarctica.

Agora, imagina o seguinte: você é um tirolês estilizado que se fantasia de técnico em contabilidade. O que você realmente é é um tirolês estilizado. Podia constar no seu título de eleitor: Fulano de Tal, Tirolês Estilizado.

— O que é que o seu marido faz?

— É um Tirolês Estilizado.

Quem pode assegurar que o Clóvis Bornay não era uma ave-do-paraíso fantasiada de cidadão? Digamos que a ave tivesse um nome. Kraktundá, o Pássaro Místico do Himalaia, ou coisa parecida. O seu disfarce era o Clóvis Bornay. Ou o Evandro Castro Lima, o Mauro Rosas, o Jésus, qualquer um. Você está prestando atenção? Mexe com a orelha se a resposta for sim.

Bom. Kraktundá, o Pássaro Místico do Himalaia, concorre num concurso de fantasia para o ano inteiro, realizado no mês mais anticarnavalesco que você possa imaginar. Em agosto, por exemplo. Imagina.

— A seguir, Kraktundá e a sua fantasia de Cidadão. Os sapatos são de couro sintético. Notem o detalhe das meias combinando com a gravata e a originalidade do lenço brotando do bolso do paletó. Óculos de aros pretos. O cinto é afivelado na frente. A camisa tem mangas que acompanham os braços até os punhos, presos com abotaduras. No bolso de trás, realçando a autenticidade da fantasia — que Kraktundá confeccionou depois de estudar a fundo várias lendas do Cidadão —, há uma carteira de couro natural com uma reluzente cédula de identidade e vários cartões coloridos de crédito. No bolso interno do paletó, uma lapiseira em imitação de ouro, um talão do estacionamento, um talão de cheques verde-desmaiado com letras impressas em preto. O chaveiro é de metal autêntico e as chaves realmente funcionam.

Entende? O Cidadão é a fantasia que a ave-do-paraíso só tira no carnaval. Hans, Tirolês Estilizado de quinta categoria, concorre com a sua fantasia de técnico contábil de ressaca dormindo na mesa de um bar em plena Aleluia. Categoria pouca originalidade. Aquele centurião romano ali sai o ano inteiro de Vendedor de Enciclopédia.

— Notem o detalhe da pasta *executive* preta e o ar de falsa sinceridade. O isqueiro é de verdade.

— A seguir, Maku, Guerreiro Havaiano, na sua original fantasia de Gari da Prefeitura.

— A Favorita do Sultão concorre este ano com Idalina, Comerciária do Méier.

O Cacique de Ramos é uma tribo selvagem que passa todo o ano disfarçando as suas verdadeiras intenções, que são a de acabar com a civilização como nós a conhecemos, oba. Um dia o Cacique de Ramos vai sair e não vai mais voltar. Vai invadir a cidade. A polícia não conseguirá contê-lo. Todas as forças de segurança serão derrotadas a tamancadas. Finalmente, o governo convocará a única força organizada capaz de deter o expansionismo de Ramos: o Bafo da Onça. Mas será tarde demais. O Cacique terá triunfado e dominará as instituições. O carnaval continuará por todo o ano, ninguém mais precisará vestir a sua fantasia de cidadão. Eu serei Príncipe Hindu por toda a vida!

Acordou, malandro? Ó você fantasiado de garçom, traz mais uma cerveja aqui. O Cacique de Ramos fica cada vez maior, certo? Daqui a dois, três anos, bastará o Cacique se reunir para interromper o trânsito até São Paulo. Não haverá espaço para os aviões pousarem. Os serviços essenciais entrarão em colapso. O governo se renderá. O carnaval, aí sim, tomará conta da cidade. Os reis tomarão o Poder, as odaliscas ocuparão seus haréns, todos os piratas zarparão, xerifes garantirão a ordem, verdugos dispensarão justiça, deusas gregas cuidarão dos ritos e escravos etíopes cavarão o metrô. E as aves-do-paraíso percorrerão os jardins com sua empáfia e suas plumas, livres para sempre das suas ridículas fantasias humanas. E você, é claro, vai poder seguir a sua vocação de tirolês estilizado. Hein? Hein? Acorda, pô!

O nostálgico

Ele só chegou em casa hoje. Bermuda suja, camiseta de um bloco da Bahia. Quando ia começar a falar, ela levantou a mão e disse:

— Espera. Vou chamar as crianças.

As "crianças", na verdade, tinham 18 e 16. Olharam o pai com curiosidade.

— Onde você andou, papai?

— Eu...

A mulher o deteve outra vez. Foi chamar os vizinhos. Só quando já tinha uma dúzia de pessoas dentro da sala, incluindo o seu Euclides do andar debaixo, ele pôde começar a falar. Mas estranhou a cara da mulher. Não era a cara de uma mulher indignada com um marido que desaparecera de casa na sexta-feira antes do carnaval e só voltara na quinta, de bermuda suja e camiseta do "Muqueca com farofa". Ela estava sorrindo. Ela estava olhando para ele com carinho.

— Que cara é essa, mulher?

— Você não existe, sabia?

— Como, não existo?

— Você é uma anedota antiga. Marido que foge no carnaval e volta com uma explicação ridícula. Isso é pura nostalgia. Só você, mesmo...

— Deixa ele dar a explicação, mãe.

Ele hesitou. Depois contou que tinha sido seqüestrado por alienígenas e, quando vira, estava atrás de um trio elétrico em Salvador. Fora trazido de volta pelos mesmos alienígenas.

Foi aplaudido. O seu Euclides, do andar debaixo, era o mais emocionado. Aquilo lhe lembrava o seu tempo, quando ele também escapava no carnaval e depois precisava inventar uma desculpa para a patroa. Bons tempos. Não voltavam mais. A não ser assim, como reconstrução histórica, para as crianças.

A mulher estava abraçando o marido, dizendo "Vá tomar seu banho, vá". Ele devia estar cansado, depois de pular todos aqueles dias atrás de um trio elétrico. Sem falar nas viagens de ida e volta, na espaçonave. Só ele mesmo...

Quando arrombaram a porta do banheiro, horas depois, ele tinha saído pela janela. Ainda bem que a nave ficara por perto. Vai pegar no mínimo mais três dias de carnaval, em Salvador.

Ano-Novo

Existem muitas superstições sobre a melhor maneira de entrar o Ano-Novo. Na nossa casa, por exemplo, nunca falta um prato de lentilha quente para ser consumido nos primeiros minutos do ano que começa. Dá sorte. Ouvi dizer que na Espanha, ao soar a meia-noite, deve-se comer uma uva para cada badalada do relógio. Este costume chegou à Bulgária mas, por uma falha na tradução, lá se come um melão para cada batida do relógio, e os hospitais ficam cheios no dia 1º. Na Suíça, comem o relógio.

Algumas crenças persistem através do tempo, desafiando toda lógica. Se o champanhe aberto à meia-noite não estourar e se tiver alguém na família chamado Edgar, é sinal de que a casa será arrasada por uma manada de elefantes e o champanhe está choco. Na Rússia, depois de brindarem o Ano-Novo com vodca, os convidados devem atirar suas taças contra a parede e depois ficar muito brabos porque não há mais copos na casa e atirar o anfitrião contra a parede. De qualquer maneira, a festa termina cedo.

Na Índia, se a primeira criança que nascer no Ano-Novo tiver bigode, fumar de piteira e pedir para falar urgentemente com o Kofi Anan, é um mau sinal. Na Polinésia, em certas tribos primitivas, o guerreiro mais audaz deve levar a virgem mais bonita até a boca do vulcão e atirá-la para a morte, como um sacrifício aos deuses. Mas a encosta do vulcão é comprida, os dois param para descansar um pouco e, quando chegam à boca do vulcão, estabelece-se o paradoxo: se o guerreiro era audaz, a moça não é mais virgem, se a moça ainda é virgem, o guerreiro não era audaz, e o sacrifício sempre fica para o ano que vem. Na Austrália, todos se atiram contra a parede.

Entrar o Ano-Novo de gravata-borboleta pode comprometer seriamente as relações entre o Oriente e o Ocidente. O primeiro animal que você encontrar na rua no Ano-Novo pode significar muita coisa. Cachorro é sorte. Gato é dinheiro. Rato é saúde. Um bando de hienas é azar, corra. Um cavalo roxo dançando o xaxado na calçada significa que você está bêbado. Vá dormir.

Em certos lugares, é costume derramar champanhe no decote da mulher ao seu lado, o que lhe trará, a longo prazo, bons negócios, e, a curto prazo, um tapa-olho. Se você estiver num *réveillon* junto com o seu patrão, não esqueça de se colocar estrategicamente para ser o primeiro a abraçá-lo à meia-noite. Dance com a mulher dele. Insista para que ele dance com a sua. Proponha vários brindes. Pule em cima da mesa. Proponha mais brindes. Diga que agora você é quem vai dançar com o patrão e não quer nem saber. Acabe lhe dizendo algumas verdades. Proteste que ninguém precisa segurar você, você está sóbrio, entende? Sóbrio! Só não sabe como uma manada de elefantes roxos invadiu o salão, ou será que a mulher do patrão trouxe a família toda? No dia 1º você não se lembrará de nada. No dia 2, você vai procurar outro emprego. Chato.

Outro costume é fazer previsões na véspera do Ano-Novo. Pode chover. Alguém, em algum lugar do Brasil, estará dizendo: "Boas-entradas nada, eu quero saber onde fica a saída..." E a previsão mais fácil de todas...

— Qual é?

— Amanhã eu vou estar numa ressaca!

Enfim, o Ano-Novo já está quase aí e, apesar de muita gente em São Paulo telefonar para parentes no Japão, onde o 2006 chegará mais cedo, querendo saber que tal o ano, como quem pergunta como é que está a água, ninguém sabe como ele será. Farei o possível para entrar nele com o pé direito, mas, quando perceber, ele é que terá entrado em mim, não dará para recuar.

Só sei uma coisa. Assim que o relógio terminar de bater a meia-noite, comerei meu prato de lentilha para dar sorte. Pedirei outro. E derramarei lentilha quente no colo, destruindo para sempre A) um bom par de calças e B) minha fé em qualquer tipo de superstição.

Hipóteses

— Meu marido!

— O quê?! Você disse que ele estaria em...

— Deve ter voltado mais cedo!

— E agora?

— Pra dentro do armário!

— O armário não!

— Você quer enfrentar meu marido?

— Quais são as medidas dele?

— Altura ou largura?

— Vou pra dentro do armário...

— Jorge Oldair! Não esquece a sua roupa!

— Certo.

— E OS SAPATOS!

Primeira hipótese: Jorge Oldair esquece o telefone celular em cima da mesa-de-cabeceira.

— Oi, bem. Você voltou mais cedo. Que susto.

— Cancelaram a recepção. Morreu a sogra do Vilmo. Peguei o último avião.

— Que bom. Quer dizer, coitada da sogra. Mas é melhor dormir na sua caminha, com a sua mulherzinha, do que num hotel, né?

— O que é isso?

— O quê?

— Esse telefone celular.

— Esse o quê?!

— Tem um telefone celular em cima da mesa-de-cabeceira.

— De quem é?

— E eu vou saber?

— Está do seu lado da cama, Quinzinho.

— Meu não é. Seu não é. Alguém deve ter esquecido aqui.

— Como, "alguém deve ter..." Ai, meu Deus.

— Está tocando.

— Não atende!

— Por que não?

— O telefone não é nosso, Quinzinho. Pode dar galho.

— Alô?

— Jorge Oldair? Cleoci.

Segunda hipótese: Jorge Oldair leva o telefone celular para dentro do armário.

— Oi, bem. Você voltou mais cedo. Que susto.

— Cancelaram a recepção. Morreu a sogra do Vilmo. Peguei o último avião.

— Que bom. Quer dizer, coitada da sogra do Vilmo. Mas é melhor dormir na sua caminha, com a sua mulherzinha...

— Ssshh.

— O quê?

— O que é isso?

— O quê?

— Um telefone tocando.

— O nosso?

— Não. Um som abafado.

— Deve ser o do vizinho.

— Desde quando se ouve o telefone do vizinho daqui? Parece vir de dentro do armário.

— Um telefone dentro do armário, Quinzinho?

— Parece.

— Você ficou maluco, Quinzinho?

Primeira hipótese: seqüência.

— Jorge Oldair? Cleoci.

— Sim.

— Jorge Oldair, é você?

— Sim.

— Quem fala, por favor?

— Ahnrrã.

— Jorge Oldair... Você não pode falar, é isso?

— Sim.

— Jorge Oldair... Você foi seqüestrado! Ai não. Ai não!

Segunda hipótese: seqüência.

— Você ficou maluco, Quinzinho?

— Agora parou...

— Era o telefone do vizinho.

— Era aqui dentro.

— Então tem um ladrão com telefone celular aqui dentro. E um ladrão burro, porque esqueceu de desligar o...

— Ssshh! Escuta!

— O que é?

— Uma voz dentro do armário.

— Minha Nossa Senhora!

— Está dizendo "Eu ligo pra você daqui a pouco, Cleoci".

— Não fica aí escutando, Quinzinho. Corre na cozinha e pega um facão!

Primeira hipótese: conclusão.

— Jorge Oldair... Você foi seqüestrado! Ai não, etc.!

— Aqui não é o Jorge Oldair.

— Não machuque ele, por favor! Seja você quem for. Ele não presta, mas é meu. Tenha piedade!

— Isso eu não posso prometer. Ouviu, Cleoci?

Segunda hipótese: conclusão.

— Não fica aí escutando, Quinzinho. Corre na cozinha e pega um facão!

— Pega você. Eu fico aqui trancando a porta do armário.

— Eu fico trancando a porta, você pega o facão.

— Eu tranco, você pega.

— Mas Quinzinho...

— Isso se for mesmo um ladrão.

— O que mais podia ser?

— Sei não, o meu lado da cama estava quente.

Terceira hipótese: a solução.

As experiências de Alexander Graham Bell não dão certo. O telefone é um fracasso. Na área da comunicação a distância, o homem chega ao fim do segundo milênio sem desenvolver nada mais sofisticado do que sinais semafóricos e um barbante com uma lata em cada ponta. Jorge Oldair se salva, Quinzinho dorme tranqüilo e, o mais importante, a humanidade está livre do telefone celular.

Comemoração

Sete de cada lado, as mulheres assistindo, todos com barriga e pouco fôlego. Menos o Arruda. O Arruda em grande forma. Magro, ágil, boa cabeleira. Cinqüenta anos, mas conservadíssimo. E brilhando em campo.

Foi depois do Arruda dar um passe para ele mesmo, correr lá na frente como um menino, chutar com perfeição e fazer o gol, para delírio das mulheres, que todo o time correu para abraçá-lo. Que gol! O Arruda era demais. Empilharam-se em cima do Arruda.

Apertaram o Arruda. Beijaram o Arruda. O Arruda depois diria que alguém tentara morder a sua orelha. Quando o Arruda quis se levantar para recomeçarem o jogo, não deixaram. Derrubaram o Arruda outra vez. Quando ele parecia que estava conseguindo se livrar dos companheiros, veio o time adversário e também pulou no bolo para cumprimentar o Arruda.

O Arruda acabou tendo que sair de campo, trêmulo, amparado pelas mulheres indignadas, enquanto o jogo recomeçava, agora só com os fora de forma. Na hora do churrasco, o Arruda ainda não estava totalmente recuperado da comemoração. Para aprender.

A primeira pessoa

No começo era eu. Só eu. Eu eu eu eu eu eu. Não existia nem a segunda pessoa do singular, porque eu não podia chamar Deus de "tu". Tinha que chamá-lo de "Senhor". Não existia "ele". Não existia "nós". Nem "vós". Nem "eles". Só existia eu. Eu, eu, eu, eu. Não é que eu fosse um egocêntrico. É que não havia alternativa!

* * *

Eu não podia pensar nos outros porque não havia outros. O mundo era uma gramática em branco. Só havia eu e todos os verbos eram na primeira pessoa. *Eu* abri os olhos. *Eu* olhei em volta. *Eu* vi que estava num Paraíso (do grego *paradeisos*, um jardim de prazeres, ou do persa *paridaiza*, o parque de um nobre, mas isso só se soube depois). Eu perguntei "O que devo fazer, Senhor?", e Deus respondeu "Nada, apenas exista". E eu fui tomado pelo tédio. A primeira sensação humana.

* * *

E Deus viu que eu me entediava, pois do que vale ser um nobre no seu parque se não existem os outros para nos invejar? E então Deus, que já tinha criado o tempo, criou o passatempo, e me encarregou de dar nome às coisas. Eu vi a uva, e a chamei de parmatursa. Eu vi a pedra e a chamei de cremílsica, e ao pavão chamei de gongromardélio, e ao rio chamei de... Mas Deus me mandou parar e disse que cuidaria daquilo, e me instruiu a procurar o que fazer enquanto terminava de criar o Universo, pois os anéis de Saturno ainda estavam lhe dando trabalho. E eu me rebelei e perguntei "Fazer o quê?", e viu Deus que, além do Homem, tinha criado um problema.

* * *

E perguntou Deus o que eu queria, e eu respondi: "Sabe que eu não sei?" E Deus disse que tinha me dado uma vida sem fim, e um jardim de prazeres digno de um nobre persa para viver minha vida sem fim, e frutas e peixes e pássaros de graça e dentes para comê-los, e mel de sobremesa, e que eu esperasse para ver que espetáculo, que show, seria o Universo quando ficasse pronto. Tudo para mim. Só para mim. E não bastava? Não bastava. "Eu pedi para nascer, pedi?", disse eu. E Deus suspirou, criando o vento. E pensou: "Filho único é fogo."

* * *

Pois de que valem os prazeres do Paraíso sem alguém para compartilhá-los, e o espetáculo do Universo sem alguém com quem comentá-lo? O que eu queria? Queria outra pessoa. Era isso. Queria a segunda pessoa. Um irmão, alguém para chamar de "tu". Alguém com quem chamar o Senhor de "ele". Ou "Ele". E que quando Ele chamasse de vós, respondêssemos em uníssono "nós?". E quando se referisse a nós para os anjos, dissesse "eles". Criando outra pessoa, Deus estaria, para todos os efeitos gramaticais, criando cinco.

* * *

E Deus fez a minha vontade, e me pôs a dormir, e quando acordei tinha um irmão ao meu lado, tirado do meu lado. Igual a mim em todos os aspectos. Espera aí, em todos não. Deus, com a cabeça em Saturno, não prestara atenção no que fazia e errara a cópia. Colocara coisas que eu não tinha e esquecera coisas que eu tinha, como o pênis, que se dependesse de mim se chamaria Obozodão. Deus se ofereceu para recolher a cópia defeituosa e fazer uma certa, mas eu disse "Na-na-não, pode deixar". Pois tinha visto que era bom. Ou boa. E fui tomado de amor pelo outro. A segunda sensação humana.

* * *

Ela era o meu tu, eu era o tu dela. Juntos, inauguramos vários verbos que estão em uso até hoje. E eu a chamei de Altimanara, mas Deus vetou e lhe deu outro nome. E quando ela perguntou como era o meu nome, respondi "Mastortônio", mas Deus limpou a garganta, inventando o trovão, e disse que não era não. Ficou Adão e Eva (eu Adão, ela Eva) aos olhos do Senhor e na História oficial mas em segredo, isto pouca gente sabe, nos chamávamos de Titinha e Totonho. E foi ela que disse "Totonho, quero que tu me conheças mais a fundo". E eu: "No sentido bíblico?" E ela: "Existe outro?" E inauguramos outro verbo.

* * *

E foi ela que me ofereceu o fruto da Árvore do Saber, a que Deus tinha me dito para nunca tocar mas colocado bem no meio do Paraíso, vá entender. Resisti, embora a fruta fosse rubicunda (uma das poucas palavras que consegui inventar, driblando a fiscalização do Senhor), e ela a segurasse contra o peito, como um terceiro e apetitoso seio. Se comêssemos daquela fruta, perderíamos a inocência e nos tornaríamos mortais. "Em compensação...", disse a Titinha. Em compensação, o quê? Só saberíamos se comêssemos a fruta. E fomos tomados de curiosidade. A terceira sensação humana. A fatal.

* * *

Quando soube da nossa transgressão, Deus deu um murro na Terra, criando o terremoto, e nos expulsou do nosso jardim persa. E durante todos estes anos, muitas pessoas têm me perguntado (pois depois disso a Terra se encheu de muitas pessoas) se valeu a pena trocar meus privilégios de primeira e única pessoa pelo prazer de conjugar com outra, e o meu tédio pelas sensações de envelhecimento e a morte, e a inocência eterna pelo saber fugaz. E sabe que eu não sei?

* * *

E, claro, sempre tem o gaiato que pergunta: "Fora tudo isso, que tal era a fruta?"

Categoria luxo

Vamos, então, para o desfile de fantasias na categoria Luxo Masculino. O primeiro a desfilar é o nosso conhecidíssimo Rudi Stras Blum. Rudi, como todos estão lembrados, foi um dos destaques do último carnaval, quando concorreu na categoria Originalidade com a fantasia *Nero e o incêndio de Roma.* Que susto, hein Rudi?

— Nem me fale. Mas eu ainda acho que a minha desclassificação foi injusta.

— Mas você pulou na mesa do júri, Rudi.

— Meu filho, quando a minha toga pegou fogo, eu nem quis saber. Pulei para onde dava. Eu tenho culpa de ter chamuscado a Adalgisa? Felizmente, ninguém se machucou. E os bombeiros foram maravilhosos.

— E a sua fantasia deste ano é...

— *Netuno, soberano dos mares.* Não há perigo de incêndio.

— Essas algas marinhas parecem de verdade.

— E são de verdade. Os peixes também. A única coisa falsa aqui sou eu, meu santo. E as pérolas, mas não espalha. Deixa eu desfilar senão daqui a pouco tudo começa a cheirar mal. O peixe é de ontem.

— Enquanto Rudi se apresenta para o júri, vamos conversar com o próximo candidato, Murici Caiado. Sua fantasia é *Sacrifício de um deus asteca.* Baseia-se na morte cerimonial de príncipes do império Asteca que tinham o corpo totalmente pintado de ouro e morriam sufocados. Como é que você se sente, Murici?

— Mmmm...

— Murici, você está bem?

— Mmmm...

— Murici!

— Grmst...

— Por favor, alguém... Obrigado. Está tudo bem, senhores telespectadores. Murici está sendo retirado e receberá socorro médico em seguida. E aqui temos Bruno Jorge, outro veterano em concursos de fantasias. Sua fantasia para este ano chama-se *A queda de Bizâncio.* Estranho, é igual à fantasia com que ele se apresentou no ano passado, *Esplendor de Bizâncio.* Exatamente igual, toda em plissandê degradado com rebites de miçangas e um minarete de dois metros sobre a cabeça. Bruno desfila na frente do júri com a sua classe de sempre e... Aí está, senhores e senhoras! Ele se atirou violentamente no chão. O minarete espatifou-se e rola pedraria para todos os lados. É a queda de Bizâncio. Muito bem! Bruno levanta-se, está mancando um pouco, perdeu um salto e um brinco, mas não há dúvida de que foi uma apresentação de muito impacto. O próximo candidato é Evoni de Prado Pinto com *Desleixo de um Conde da França.* É baseada num personagem real, não é, Evoni?

— É, o Conde Guillaume de Muscat, conhecido na corte de Luís XIV como relaxado. Era comum o conde freqüentar o palácio assim como eu estou vestido, com um simples barrete na cabeça, um colete desabotoado, uma meia caída...

— E você pode descrever a sua fantasia para nós?

— O barrete é todo cravejado em brilhantes e tem na ponta um diadema com topázios. O colete é de cetim com estrias douradas e botões de madrepérola e a meia caída tem aplicações de ouro e prata. A grande capa púrpura com sete metros de comprimento é uma improvisação minha.

— Obrigado, Evoni. A seguir, Túlio Volúsia, que no ano passado não pôde concorrer ao prêmio de originalidade porque sua fantasia *14-Bis, uma epopéia nos ares* não passou pela porta. Essa sua fantasia chama-se *Lendas e superstições da Bulgária*, certo, Túlio?

— Certo. É inspirada em velhas lendas do folclore búlgaro, como a do lenhador que nunca se lembrava se era segurar pelo cabo e bater com a lâmina ou segurar pela lâmina e bater com o cabo, e por isso vendeu sua filha a uma bruxa. Um dia a moça beijou um sapo e o sapo se transformou em príncipe. Mas não deu certo, o príncipe insistia em só comer mosquito. E todos os dias à meia-noite se transformava numa abóbora. É daí que vem a superstição contra filhas de lenhadores no serviço público da Bulgária.

— Fantástico. E você conseguiu incluir tudo isso na sua fantasia, Túlio. Deve ter se virado ao avesso.

— Não foi fácil. Só a pesquisa levou dois anos. E você está falando com o meu pé, minha boca está aqui embaixo.

— Desculpe. É realmente incrível. E... Senhores e senhoras, parece que está havendo alguma confusão nos bastidores... É... Sim, agora podemos ver. É o *Tsar de todas as Rússias* e *Meditações de Inocêncio III* que se desentenderam e trocam sopapos. Isto é lamentável. Agora *Crítica da razão pura* tenta intervir mas é segurado por, deixa ver, *Pororocas, uma aventura na Amazônia*. E, atenção, uma das araras está solta! *Delírio de um cobrador de impostos no Nepal* vai atrás. Tropeça na cauda do *Pavão displicente* e... Meu Deus. Agora Rudi bate em todo mundo com um peixe. Assim não dá. Os comerciais, por favor!

O dilema de Dorinha

Recebo outra carta da *ravissante* Dora Avante. Dorinha, como se sabe, casou tantas vezes que hoje se assina "Dora Avante (preencha o espaço com letra de fôrma)". Profundamente desiludida com o processo democrático, já que sua candidatura a vereadora no Rio de Janeiro pela corrente das Socialaites Socialistas, com o *slogan* "Boa de câmara", não obteve a repercussão popular esperada, Dorinha abandonou a política e, para enfatizar a sua radical mudança de comportamento cívico, trocou de marido. Mas eis a carta.

"Caríssimo! Beijos reticentes. Meu penúltimo marido ('último' dá azar) me acha muito expansiva e me pediu para refrear o hábito de beijar todo mundo, inclusive o mordomo, o chofer e os fornecedores. Ele diz que a qualidade que mais preza numa mulher é a fidelidade, e eu prometi que ia tentar me adaptar a esse novo conceito. Você talvez conheça o Manuelão. Vou dar uma dica: ele *não* foi citado na CPI do Banestado, o que o inclui numa parcela bastante reduzida da população brasileira. Conhecemo-nos numa das festas no sítio de Kiki Cheirão de

Alvitre Marzipan, *née* Silvá, se bem que nós todos sabemos que o acento ela botou depois. Sim, uma *daquelas* festas da Kiki, em que no meio da noite soltam um javali caramelado dentro do salão — e ninguém nota! O tema da festa era 'O penúltimo baile da Ilha Fiscal' (o último deu azar), e eu estava fantasiada de Serra Pelada. Todos diziam 'Estamos vendo a Pelada, onde está a Serra?'. *Que de bêtise!* O Manuelão é muito conservador, tanto que era o único homem na festa de colete. Só de colete. Conversamos muito porque ele estava tentando perder peso e tinha lido o meu livrinho sobre dieta e os perigos dos derivados do leite, *Creme e Castigo,* que a Objetiva publicou com um pseudônimo. A editora usou pseudônimo. Falamos de calorias, de pelancas e, numa progressão natural, de amor e de quanto valeríamos se juntássemos nossas fortunas. Tenho terras no Uruguai, como você sabe. Aliás, papai sempre dizia que as nossas terras *eram* o Uruguai. O Manuelão atua no mercado de capitais e inclusive já participou de alguns dos maiores escândalos financeiros do país, embora diga, modestamente, que sempre roubou só o bastante para manter o bom nome na praça. Resultado: saímos diretamente de dentro da 'jacuzzi' para um cartório e no dia seguinte participamos o casamento a nossas famílias. Eu avisei o meu marido, e ele, a mulher dele. E viveríamos felizes para sempre — o que no Brasil, como se sabe, dura pouco — se não fosse uma preocupação que, como um mosquito, não me deixa dormir.

"Acontece que, por insistência do Manuelão, tive que abandonar todos os meus amantes. Não pude conservar nem o mais antigo, o Múcio, que ainda me procurava quinzenalmente, só que não se lembrava mais para quê. Reuni todos num pequeno jantarzinho de despedida e foi então que fiquei sabendo que o que o Rubens Adão sentia era mais do que apenas atração física pelo meu dinheiro. Ele me pediu para reconsiderar a decisão de casar com o Manuelão e se declarou disposto a casar comigo, se era isso que eu queria. Ergueu-se do sofá e se afastou, e eu senti que era para esconder as lágrimas. Removi a cabeça do Múcio, que dormia no meu ombro, e fui atrás dele. Perguntei que tipo de vida poderíamos ter, casados, eu, a mulher que, segundo disse, uma vez, o Zózimo, 'justifica uma geração, mesmo que não se saiba bem qual', e ele, um militante do PT? Despedimo-nos naquela noite, e eu casei com o Manuelão.

"Hoje me pergunto se a minha decisão foi acertada. Amo o Manuelão. Nos divertimos muito. Fins de semana nas propriedades dele em Angra e Búzios. Cruzeiros no Caribe. Temporadas em Paris e Nova York. Mas talvez eu devesse ter casado com o Rubens Adão. Não haveria amor, mas quando vai chegando a uma certa idade uma mulher precisa começar a pensar na segurança. O que faço? Beijíssimos da tua Dorinha."

Infidelidades

Um dia Moacyr ("com ipsilone", como dizia) chegou em casa e encontrou sua mulher na cama com um fuzileiro naval. Comentou que há muito tempo não via fuzileiros navais, com seus uniformes característicos, na rua, e até se indagava se a corporação ainda existia.

— Existimos — respondeu o fuzileiro Tobias —, mas só para serviços especiais.

E Dalinda, ao seu lado, sorriu e baixou os olhos, imaginando que Tobias se referia a ela.

* * *

Cardoso (não é parente) deu um desfalque na firma e quando telefonou para casa já estava em Orlando, na Flórida, e anunciou que estava bem, que a Dulce da contabilidade estava com ele e que dali a pouco entrariam na fila do Space Mountain. Rosalva começou a chorar no telefone e Cardoso disse:

— Ô boba, não tem perigo nenhum!

* * *

Firmino morreu e no dia seguinte saíram dois convites para enterro, no jornal, um da mulher, dos filhos e dos irmãos, e outro de uma tal de Mara Araci, em que aparecia não só o nome de Firmino como, embaixo, entre parênteses, um apelido, "Mininho". Quando saiu o convite para a missa de sétimo dia, mandado publicar pela viúva, embaixo do nome do Firmino tinha o apelido "Nêgo". Mara Araci publicou um convite para a missa de 30 dias, em que não repetiu o apelido de Firmino, mas depois do seu, entre parênteses, botou "Fofa". A viúva teve de esperar a missa de um ano de falecimento para publicar um convite e botar, depois do seu nome: "Fofa Um."

* * *

Só anteontem, depois de três anos de casado, Alencar descobriu que a Heleninha era Fluminense. Sempre achara que ela não ligava para futebol ou, na pior das hipóteses, fosse vagamente América, como o seu pai (que dizia "Sou América teórico"). Mas Fluminense?!

— E você — disparou Heleninha — que recorta artigo do Delfim Netto?

Os dois vão ao jogo, mas separados, e só depois pensarão no que fazer.

Os loiros do Argeu

— Dedinho pra cima, não.

Era a única ordem que os estrangeiros recebiam do Argeu, durante o ensaio. Desfilassem como quisessem. Sambassem como pudessem. Afinal, ninguém esperava que, numa tarde, todos aprendessem a sair pela passarela como brasileiros natos. Não tem gente nascida aqui que ainda não aprendeu a ser brasileiro nato? Brasileiro não tem aprendizado rápido. Não tem curso intensivo. Ser brasileiro ou é uma fatalidade ou é uma ciência.

Mas algumas regras precisam existir, mesmo para brasileiros amadores. Por exemplo: dedinho indicador pra cima, não. Dedinho de chinês, espetando o ar, definitivamente não.

— *Fingers up, no. Understand? No.*

Ou "*Les doigts elevê, non*". Ou "*Los dedos para arriba,* nunca!".

"*Das fingers uber alles, verboten!*" "*Diti in su, mai*". Às vezes Argeu tinha que se conter para não abater um dedinho levantado a tapa. "*Nein! Nein!*" Também precisava controlar as Carmens Mirandas. Não era raro os estrangeiros começarem a dançar como a Carmem Miranda: passinhos pra trás, mão tocando um cotovelo, depois o outro. Como nos filmes.

— *No, no, no*. Carmem Miranda, *no good*!

Argeu era o encarregado dos estrangeiros na escola. Era o homem das relações exteriores. E seu departamento funcionava como uma máquina. Bagunça era o resto do Brasil, as escolas eram oásis de organização, cantões suíços de seriedade e eficiência. As fantasias eram encomendadas e pagas com antecedência pelos estrangeiros. Quando eles chegavam, encontravam a fantasia pronta, nas medidas certas. Todos conheciam as suas alas, o horário da concentração, tudo certinho. Havia apenas um ensaio, na tarde do desfile, para os estrangeiros se familiarizarem com as fantasias, ouvirem o samba enredo e adquirirem a ginga possível — que para Argeu se resumia em fazer o que quisessem, menos desfilar com os dedinhos indicadores para cima. Ou como a Carmem Miranda.

— *Fingers up, no*! Carmem Miranda, *no*!

As regras mínimas.

Alguns estrangeiros voltam todos os anos. Já são conhecidos do Argeu. Tem a dinamarquesa Trudi, que na primeira vez, quando o Argeu tentava instruí-la na arte do desfile acelerado com tamancos, perguntou, excitada:

— *Is this the* bossa nova?

Argeu teve que explicar que não, não era a bossa nova. Pensando bem, não era nem samba. Pensando melhor, nem marcha. Já era outra coisa, um andamento indefinido, cronométrico, talvez suíço também, para a escola não se atrasar e perder pontos. Trudi não entendeu o desencanto do Argeu e no ano seguinte surgiu com uma coreografia pronta para desfilar correndo, que o Argeu aprovou. Pelo menos não tinha dedinho levantado. E no ano passado a Trudi mostrou que não só treinara o ano inteiro, sendo, mesmo, uma das poucas passistas a se destacar no meio da correria geral, já que com o andamento mais rápido só as supertreinadas aparecem — e, nas palavras da própria Trudi, "dizem na pé" —, como trouxe outras 17 dinamarquesas bem ensaiadas. Que este ano serão 34.

Durante o desfile, Argeu sacode a cabeça com impaciência, grita seguidas advertências para os estrangeiros — 'Olha o tempo! "Vamlá! Vamlá!" e "Abaixem os dedinhos!" — e chega a empurrar alguns deslumbrados que ficam para trás. Mas não esconde um certo orgulho com o que chama de "Os meus loiros". Os loiros do Argeu formam um segmento cada vez maior da escola, e são, cada vez mais, brasileiros convincentes. Este ano as dinamarquesas da Trudi prometem até recuperar um espetáculo perdido dos desfiles, o malabarismo de pandeiristas em torno de uma passista — a própria Trudi, claro — culminando numa pirâmide humana, com todos arregalando os olhos e pondo a língua para as câmeras, apesar dos gritos de "Olha o tempo!" e "Vamlá!" à sua volta. As dinamarquesas são ótimas no pandeiro.

E o Argeu não dá dois anos para a porta-bandeira da escola ser uma austríaca.

Pânico

O pai do aniversariante foi abrir a porta. Era outro pai.

— Vim buscar o Edmundo.

— Ah, o Edmundo.

— Acho que a turma chama ele de Bocó.

— O Bocó. Certo. Não quer entrar?

— Obrigado. Espero aqui.

O pai do aniversariante entrou na sala e anunciou:

— Vieram buscar o Bocó!

Só conseguiu ser ouvido na terceira vez, porque a algazarra era grande.

— Bocó! Seu pai está aí.

Ninguém se apresentou.

— Edmundo? Tem algum Edmundo?

Ninguém. O aniversariante não sabia do Bocó. Nem se lembrava de tê-lo visto na festa. Pensando bem, não conhecia nenhum Bocó.

— Como não conhece? Ele está aqui. O pai dele veio buscar.

O pai e a mãe do aniversariante saíram pelo apartamento atrás do Bocó. Bateram na porta do banheiro, ocupado por oito meninas ao mesmo tempo. O Bocó não estava entre elas. Procuraram pelos quartos. No quarto do aniversariante tinha se instalado uma dissidência literária. Um grupo espalhado pelo chão lia as revistinhas do aniversariante. Nenhum deles era o Bocó. Mas um se chamava Edmundo.

— Tem certeza que seu apelido não é Bocó?

— Não. É Palito.

O pai e a mãe do aniversariante se entreolharam. E agora? Não podiam simplesmente dizer ao pai do Bocó que seu filho desaparecera. Decidiram reunir todos os convidados na sala. As meninas foram corridas do banheiro, os quartos foram esvaziados, todos para a sala.

— Quem é que se chama Edmundo? Você não, Palito.

Ninguém, além do Palito, se chamava Edmundo. E Bocó? Tinha algum Bocó no grupo? Nenhum. Alguém sabia que fim levara o Bocó?

Loreta, uma gordinha de cor-de-rosa, levantou a mão.

— Acho que o pai dele já veio buscar.

— Ai, meu Deus — disse a mãe do aniversariante, baixinho.

— Você viu o Bocó sair com alguém?

— Acho que vi. Com um homem.

— Como era o homem?

— Tinha uma barba preta.

— Ai, meu Deus — repetiu a mãe do aniversariante.

Precisavam dizer alguma coisa para o pai do Bocó. Mas o quê? Oferecer outra criança em lugar do Bocó? O Palito? "Ele é um pouco magro, mas olhe: damos esta gordinha de brinde." A responsabilidade era deles. Precisavam evitar o escândalo. Precisavam, antes de mais nada, ganhar tempo.

Foram até a porta.

— O senhor tem certeza que não quer entrar?

— Obrigado.

— Não nos leve a mal, mas o senhor pode provar que é pai do Bocó?

— Provar? Como, provar?

— Hoje em dia, todo cuidado é pouco.

— Mas é só trazer o Bocó aqui. Ele vai me reconhecer.

— Sei não. Criança é muito sugestionável.

— Mas isto é um absurdo! Eu não tenho nenhum documento que diga "Pai do Bocó".

— Uma foto...

— Tenho!

O pai do Bocó produziu uma foto. Ele, a mulher, o Bocó e outra criança, de colo. O pai do aniversariante pegou a foto, disse "Um momentinho", e levou a foto para a sala. A Loreta examinou a foto. Confirmou que fora aquele Bocó que vira sendo levado pelo homem de barba preta. "Ai, meu Deus!", disse a mãe do aniversariante. O pai do aniversariante levou a foto de volta ao pai do Bocó.

— Ele não o reconheceu.

— O quê?!

O pai do Bocó tentou entrar no apartamento, mas foi contido pelo pai do aniversariante.

— Epa. Epa! Aqui o senhor não entra. Aliás, nem sei como entrou no prédio.

— Eu disse ao porteiro que vinha buscar uma criança na festa do 410.

— Vou falar com esse porteiro. Que segurança é essa? Deixam entrar qualquer um. Homem de barba preta...

— Homem de barba preta? — perguntou o pai do Bocó.

— 410? — perguntou o pai do aniversariante, dando-se conta.

— Que homem de barba preta?

— Este não é o 410. É o 510.

— Que homem de barba pre... Este é o 510?

— Você bateu no apartamento errado.

— Aqui não é a festa de aniversário do Piolho?

— Não. É a festa de aniversário do Felipe. Foi por isso que seu filho não o reconheceu!

— Está explicado!

Os dois apertaram-se as mãos, e o pai do Bocó foi buscar o filho no apartamento de baixo, aliviado. A história só não acabou bem para a Loreta, que levou tanto safanão que chegou em casa sem o *top* do vestido.

Seu Pompom

Foi só alguns dias antes do casamento que a Marcinha avisou ao Eliseu que dormia com um ursinho. Que tinha o ursinho desde criança e que não podia ir para a cama sem ele. O Eliseu achou graça. Estava tão apaixonado que qualquer coisa que a Marcinha lhe dissesse — mesmo "Faço xixi na cama" ou "Ronco a noite inteira" — ele aceitaria, e acharia graça. Marcinha era mesmo uma criança, apesar dos seus 24 anos. Fora aquilo que o atraíra nela. No fundo era uma criança, ingênua, inocente. Como era o nome do ursinho? "Seu Pompom", respondeu a Marcinha.

— Pois terei grande prazer em dormir com o seu Pompom — disse o Eliseu, enternecido.

O ursinho foi com eles na lua-de-mel e acabou sendo um surpreendente acessório nos jogos do amor. O Eliseu não imaginava que pudesse ficar tão excitado com as frases que ouvia do seu Pompom, na voz da Marcinha, cada vez que terminavam de fazer amor, durante a lua-de-mel. "Isso foi muito bom. O seu Pompom gostou muito. O seu

Pompom quer mais." Depois, em casa, era o seu Pompom, manipulado pela Marcinha, que acordava o Eliseu, quando a Marcinha queria mais. E o seu Pompom acordava o Eliseu várias vezes por semana. Depois dizia: "O seu Pompom gostou. O seu Pompom gostou muito. O seu Pompom quer mais."

Eliseu não se conteve e um dia contou, numa roda de amigos, o que era a sua vida sexual, com a participação do seu Pompom. Era óbvio que sua mulherzinha, a Marcinha, usava o ursinho para ajudá-la a vencer suas inibições e sua inexperiência, no sexo. E o seu Pompom se revelara um parceiro sexual maravilhoso. Maravilhoso.

Todos na roda se entreolharam. Todos conheciam bem a Marcinha. E quando o Eliseu foi embora, um deles falou:

— Espera até ele conhecer o lado crítico do seu Pompom.

Belzebu.com

A oferta do Diabo veio por e-mail, de sorte que nem vi a sua cara. Ele procurava na internet pessoas dispostas a trocar sua alma pelo que quisessem. Respostas para 666belzebu.com. A pessoa empenhava sua alma ao Diabo, para entregar na saída, e em troca poderia pedir qualquer coisa. Mas só uma coisa.

Pensei imediatamente no Internacional. Está certo, primeiro pensei na Vera Fischer, mas aí achei que daria confusão. Em seguida pensei no Internacional. Um campeonato! Mas concluí que estava sendo egoísta. Estava pensando só na minha alegria — e passageira, pois não podia pedir vitórias do Internacional em todos os campeonatos, para sempre — e esquecendo o meu país. Deveria pedir, pela minha alma, algo que desse alegria a todos. O quê? Quero que o Brasil se transforme num país escandinavo. Agora! Um país organizado, sem crime, sem fome, sem injustiça, sem conflitos, magnificamente chato. Era isso: minha alma por um país aborrecido!

Foi o que botei no meu e-mail para o Diabo. Ele respondeu perguntando se eu tinha pensado bem no que estava pedindo em troca da minha alma. Eu deveria saber que a adaptação seria difícil. A conversão da moeda, a língua, o frio, os hábitos diferentes... E que seria impossível preservar tudo o que nos faz simpáticos, e criativos, e divertidos — enfim, brasileiros no bom sentido — sem a bagunça, e o mau-caráter, e a rede elétrica que pifa por falta de um parafuso. Ou ser escandinavo só durante o expediente e brasileiro depois. Era mesmo o que eu queria? É, respondi. Chega desta irresponsabilidade tropical, desta indecência social disfarçada de bonomia, desta irresolução criminosa que passa por afabilidade, deste eterno adiamento de tudo. Faça-nos escandinavos, já!

O Diabo: "Tem certeza? Já?"

Eu: "Bom... Depois do carnaval."

Este livro foi impresso na
LIS GRÁFICA E EDITORA LTDA.
Rua Felício Antonio Alves, 370 – Bonsucesso
CEP 07175-450 – Guarulhos – SP – Fax: (11) 6436-1538
Fone: (11) 6436-1000 – e-mail: lisgrafica@lisgrafica.com.br